マカン・マラン

二十三時の夜食カフェ

古内一絵

KAZUE FURUUCHI

中央公論新社

目次

マカン・マラン　二十三時の夜食カフェ

装画　西淑
装幀　鈴木久美

第一話

春のキャセロール

第一話　春のキャセロール

終電車から押し出され、ホームに降《お》りたったとき、雨脚《あまあし》はさらに強くなっていた。

ようやく桜が咲いたと思ったら、ゆっくり観賞《かんしょう》する間もなく、嵐《あらし》のような雨が降る。

毎晩、ダウンジャケットがほしくなるような寒さが続き、季節は冬に逆戻りしたようだ。

最悪だ――。

城之崎塔子《きのさきとうこ》は、今日何度目になるか分からない呟《つぶや》きを、また口の中で繰《く》り返《かえ》した。

改札口《かいさつぐち》を出ると、横殴《よこなぐ》りの雨が頬《ほお》を打つ。傘《かさ》を風に取られないようにするだけで精《せい》いっぱいだ。

本当に、最悪だ。

天候《てんこう》も、会社の中も荒《あ》れ模様《もよう》。それなのに、眼の前の仕事は山積みで、終電に押し込まれる日が、すでに四日も続いている。

ふいに背筋《せすじ》に悪寒《おかん》が走り、塔子は足をとめた。にわかに眼の前が暗くなり、全身の血液《けつえき》が、渦《うず》を巻きながら引《ひ》き潮《しお》のように退《ひ》いていく。

まずい。貧血《ひんけつ》だ。

意識のシャッターを下《お》ろすまいと、塔子は懸命《けんめい》に眼を見張る。

とにかく、足を踏《ふ》み出さなければ。

そう思えば思うほど体の芯《しん》がぶれ、塔子は水たまりのできたアスファルトの上に膝《ひざ》をついた。

眩暈《めまい》がして、まともに眼をあけていられない。

酔《よ》っ払《ぱら》いと思われたらしく、誰《だれ》もかれもが足早に傍《かたわ》らを通り過ぎていく。

「あなた、どうしたの？」

頭上から少しかすれた声が響《ひび》き、急に吹きつける雨がやんだ。

自分の傘は、とうに地面を転がっていってしまっている。誰かが傘を差しかけてくれたのだ。

視線をあげようとした塔子の眼に、ハイヒールと、ロングスカートの裾《すそ》が映《うつ》る。靴《くつ》の大きさから判断するに、相当《そうとう》大きな女性だ。

塔子はなんとかして顔を上に向けようとするが、反して意識は下へ下へと潜《もぐ》り込もうとする。

「貧血ね。いいから、あたしのところで少し休んでいきなさい」

いきなり太い腕《うで》でぐいと持ち上げられ、塔子はわずかに身じろぎした。

「大丈夫よ。安心なさい」

安定感のある女性の腕に抱え込まれると、緊張《きんちょう》の糸が途切《とぎ》れ、塔子はかろうじて保《たも》っていた全身の力をひと息に抜いた。


——なあ、どうする？

頭の中で響く声を振り払おうと、塔子は軽く身をよじった。

普段ほとんど話したこともないくせに、こんなときだけ、縋《すが》るように話しかけてくるのはやめてほしい。今は、眠いのだ。

――なあ、どうするんだよ。お前だって、対象者なんだぞ。

無視を決め込む塔子に、一度も同じ部署になったことのない同期がしつこく話しかけてくる。

――そういや、城之崎、人事の村田《むらた》女史と、以前同じ部署にいたことがあるんだったよな。

村田？　村田美知恵《みちえ》のことか。

――なあ、村田女史に、俺の分まで、口きいてもらえないかな。

冗談《じょうだん》はやめてくれと、振り返ろうとした途端《とたん》、なにかからすとんと落ちるように、塔子は意識を取り戻した。

肌《はだ》に吸いつく感触のひとりがけソファの上にいる自分に気づき、塔子はこめかみを押さえた。身体《からだ》の上に、薄《うす》い毛布《もうふ》がかけられている。

ここは……。

ソファの背もたれにすがって身を起こすと、ゆらゆらと揺《ゆ》れる蠟燭《ろうそく》の炎《ほのお》が眼に入った。

バリ島の宮廷音楽ガムラン・ドゥグンが静かに流れ、真鍮《しんちゅう》の小さな蛙《かえる》の置物が、お香《こう》の載《の》った皿を頭上に捧《ささ》げ持っている。

「あら、眼が覚めたのね」

意識を失う直前に聞いた、かすれたような声が耳を打つ。

そうだ――。

自分は、改札を出た直後に貧血を起こし、親切な女性に助けてもらったのだった。

声のする方に視線を移し、塔子は暫《しば》し茫然《ぼうぜん》とした。

一瞬《いっしゅん》、暗いカウンターの奥《おく》に、舞踏会《ぶとうかい》の仮面が浮《う》かんでいるのかと思った。

白く塗《ぬ》り込んだ肌に、クレヨンで描《えが》いたようなアイライン。瞬《まばた》きをするたびに、音が出そうなつけ睫毛《まつげ》。ダリのリップソファを思わせる、艶々《つやつや》と輝《かがや》く真紅《しんく》の唇《くちびる》。

それらを無理矢理まとめる額縁《がくぶち》のように、ショッキングピンクのボブウイッグが揺れている。

塔子が眼を見張っていると、仮面がおもむろにカウンターの奥からその長身を現した。

「さっきまで、ひどい雷《かみなり》が鳴ってたのよ。春雷《しゅんらい》ってやつね」

ロングスカートの裾を翻《ひるがえ》し、板張りの床をみしみしと歩いてくる。梁《はり》にピンクの頭頂《とうちょう》がつかえてしまいそうなほど、背が高い。

すぐ傍らまで寄ってこられて、塔子はようやく理解した。

この人は、女性、ではなく――。

女装《じょそう》した、男性だ。

「気分はどう？」

首元にスカーフを巻き、フリルをたっぷりあしらったワインカラーのロングドレスを纏《まと》った姿は、まるで寓話《ぐうわ》の世界から抜け出してきたようだ。

「ノンカフェインのジンジャーティーよ。体が温まるわ」

すっかり言葉を失っている塔子に、女装の大男は蓋《ふた》つきのマグカップを差し出してくる。

視線を合わせれば、厚化粧《あつげしょう》の下に、隠しても隠し切れない、いかつい中年男の顔があった。

白粉《おしろい》を塗りこんだ顎《あご》に浮かんだ髭《ひげ》の影《かげ》が、マスカレードの仮面が現実の人間であることを知らしめる。

「あなた、もしかして、ドラァグクイーンを見るのは初めて？」

塔子がまじまじと見つめていると、女装の男が忍《しの》び笑いを漏《も》らした。

ドラァグクイーン——。

もちろん、そうした人たちの存在を、知らないわけではない。

だが塔子にとってのそれは、常にテレビや映画やショーといったメディアを隔《へだ》てたものだ。

少なくとも、ピンクのボブウイッグをかぶっている厚化粧の大男が、自分の日常と地続きの場所に現れると想像したことはなかった。

「どうしたの？　別に毒なんか入ってないわよ」

塔子は我に返ってマグカップの蓋をあけた。ふわりと甘い湯気《ゆげ》がたつ。

怖々《こわごわ》、マグカップの縁に唇をつけてみた。

ひと口含むと、そのまますっと体の中に溶《と》け込んでいくようだった。飲み口のよさの後に、ぴりりとした生姜《しょうが》の風味と、シナモンの自然な甘さが仄《ほの》かに兆《きざ》す。

舌と喉《のど》で、充分《じゅうぶん》に味わいながら飲み下し、塔子は深い息を漏らした。

「どうやら、お気に召《め》していただけたみたいね」

塔子の反応を見守っていたドラァグクイーンが、満足そうな笑みを浮かべる。

「私は用を済ませてくるけど、あなたはゆっくりしていってちょうだい」

言うなりドラァグクイーンは、ロングスカートの裾を翻し、カウンターの奥へ入っていった。

残された塔子は、マグカップで掌《てのひら》を温めながら、少しの間、ぼんやりとする。

籐《とう》の椅子《いす》、アンティーク調の竹のテーブル、鳥籠《とりかご》のようなランプシェード――。

改めて見回せば、アジアの隠れ家リゾートを思わせる内装の部屋だった。

こんな秘密《ひみつ》めいた場所で、典雅《てんが》な子守歌のようなガムラン・ドゥグンに揺られていると、昼間の光景《こうけい》がすべて嘘《うそ》のように思えてくる。

――なあ、どうするんだよ。お前だって、対象者なんだぞ。

しかし、昼間同期と交わした生々しいやり取りがふいに甦《よみがえ》り、塔子は途端に愕然《がくぜん》とした。

この日、塔子が二十年勤《つと》める大手広告代理店で、早期退職者の募集が発表された。

「いずれくる」と噂《うわさ》されていた事態だったが、実際に公示されると、社内には予想以上の動揺《どうよう》が走った。

対象は、四十歳以上、社歴十年以上の中堅《ちゅうけん》社員。塔子も、その対象者だった。

「こんなの絶対、生え抜き社員《プロパー》狩りだって」と、同期の男はぼやいていた。

塔子が勤める会社は、元々人の出入りが激しい。

給与《きゅうよ》条件が比較的《ひかくてき》よかった時期に入社している生え抜き社員と、条件が悪化していく中、それでもポストをちらつかされて入ってきた途中入社組の間に待遇《たいぐう》の差があることは、以前から水面下で囁《ささや》かれ続けてきた〝案件〟でもあった。

「要するに経営者は、その隔たりを、自分らに都合のいい方向で是正《ぜせい》することに決めたってことだろ？　なにが早期優遇退職だよ。実際は、リストラじゃねえか。退職金をいくらか上乗せされたところで、この先、どうやって家族を養《やしな》えっていうんだよ」

同期の繰り言を思い返すと、塔子の心にも、重い澱《おり》が下りてくる。

しかも、村田美知恵に口をきけと頼まれるとは……。

男性社員による女性社員の見方というのは、つくづく表面的なものらしい。

ひょっとするとこの同期は、未《いま》だに美知恵が、塔子にとって〝よき先輩《せんぱい》〟だと本気で思い込んでいるのかもしれない。

塔子は雑念《ざつねん》を振り払い、今は、なにも考えまいと努めた。

自分には、まだやるべき仕事がある。それ以外は、考えたところで仕方がない。

再びドラァグクイーンがカウンターの奥から姿を現したとき、塔子はソファから立ち上がり、深々と頭を下げた。

「すみませんでした。ご迷惑《めいわく》をおかけして。本当にありがとうございました」

「いいのよ。困《こま》ったときは、お互い様だし。あたしは別に、ここに泊まっていってもらったって構わないんだけど」

「いえ、うち、すぐ近くなんです」

どこまでも親切なドラァグクイーンに懇《ねんご》ろに礼を言い、塔子は暇《いとま》を告げることにした。

ドラァグクイーンが拾ってきてくれたらしい傘を持ち、玄関の外に出る。先程まであんなに降っていた雨がやみ、明るい下弦《かげん》の月の表面を、叢雲《むらくも》がすごい速さで通り過ぎていっている。

振り向くと、そこは小さな中庭を持つ、古民家のような一軒家《いっけんや》だった。

中庭の真ん中で、ハナミズキが白い花をちらほらと咲かせ始めている。下草には羊歯《しだ》やクワズイモが旺盛《おうせい》に茂《しげ》り、さながら南国の庭のようだ。下草の陰《かげ》に、スチール製の小さな看板《かんばん》が無《む》造作《ぞうさ》に捨て置かれていた。

看板の上に〝マカン・マラン〟という書き文字が見える。

何度かバリにいったことのある塔子には、それがインドネシア語であることが分かった。マカンは食事。マランは夜。つまり、夜食という意味だ。

塔子はしばらく、雨に濡《ぬ》れて光っている、スチール製の看板を見つめた。今でも営業しているのか。それとも昔営業していた名残《なごり》なのか。

どちらにせよ、商店街の路地の奥にこんな場所があったなんて、今までまったく気がつかなかった。なんだか、不思議の世界に一瞬だけ迷い込み、夢から覚めて、再び現実に舞い戻ってきたような気分だった。

もう一度だけハナミズキを振り返ると、塔子は足元の水たまりをよけながら、大通りに向けて歩き出した。

翌日も、社内の雰囲気《ふんいき》は最悪だった。

社員用カフェテリアでは、早期退職の対象者たちが身を寄せてひそひそと囁き合っている。誰某《だれそれ》についていけば、どこそこのポストに残れる。何某《なにがし》へのアピールが必要だ――。

様々な噂や憶測《おくそく》が飛び交い、中には、露骨《ろこつ》に同僚《どうりょう》を貶《おとし》め、人事部にすり寄る者もいるようだった。

噂の巣窟《そうくつ》と化しているカフェテリアに足を踏み入れる気分になれず、塔子は給湯室《きゅうとうしつ》で自分でコーヒーを淹《い》れた。窓辺に立ち、眼下に広がる浜離宮恩賜庭園《はまりきゅうおんしていえん》を眺《なが》める。満開の桜が、寒空の下で凍《こご》えているように見えた。

塔子が勤める広告代理店が、汐留《しおどめ》に本社を構えるようになって、十年がたつ。その十年前に、塔子は企画《きかく》グループのチーフとなった。

以来、直属の上司《じょうし》は何人も首をすげ替えられ、部下もほとんどが契約《けいやく》社員や派遣《はけん》社員に切り替えられてきたが、塔子だけは変わらず現場の長を務《つと》め続けてきた。

叩《たた》き上げといえば聞こえはよいが、十年一日の万年係長だともいえる。

しかし、日頃感じていた頭打ち感に、「早期退職」という形でのとどめが刺《さ》されるとは、塔子自身、正直考えていなかった。

「城之崎ぃ」

塔子が席に戻ると、革張《かわば》りの通称〝G長椅子〟にふんぞり返った、グループ長の指原《さしはら》に呼びつけられた。

「今期の予算、本当に大丈夫なんだろうな」

デスクの前に立った塔子に、指原が第一四半期の予算表を突きつけてくる。

「ほら、前期より引き上げられてるからさ」

メインバンクから転籍《てんせき》してきたにもかかわらず、この男は本当に数字に弱い。

もっとも指原には、銀行で使い物にならず、仕方なく伯父《おじ》の常務がこの会社に引き取ったのだという噂がある。

狸《たぬき》のような容貌《ようぼう》の縁故《えんこ》上司は、塔子より十センチ以上身長が低く、十キロ以上体重が多く、見た目は五歳以上老《ふ》けているが、その実、二歳年下だった。

「問題ありません」

必要であればと、予算の内訳を打ち出そうとしたが、「ちゃんと達成できるなら、それでいいよ」と遮《さえぎ》られる。

「それとさ、今やってる雑誌企画、片づきそう？」

「そのつもりで、進めています」

無表情に答えた塔子に、

「頼むよ。この先どうなるか分かんないんだからさ。現状のプロジェクトは、しっかり片をつけといてもらわないと」

と、指原は小声になって社内を見回した。

「ま、やりかけの企画は、先のことも含めて、算段つけといてよ。そこんとこは、信頼してるからさ。あんた、プロだもんな」

言うなり指原は立ち上がり、最近独自《どくじ》につき合い始めた代理店の社名を、ホワイトボードに書き入れ始めた。このまま直帰《ちょっき》するつもりなのだろう。

二年前にこの部署にやってきて以来、指原は比較的売上が上がりやすい電波とＷＥＢ媒体《ばいたい》を独占し、一番低迷している紙媒体を塔子に押しつけていた。

雑誌自体の売上が減退し、広告が取れなくなって久しい。ライバルの代理店がこぞってダンピングを繰り返すようになり、塔子も厳《きび》しい価格《かかく》競争にさらされている。

それでも、まったくやりようがないわけではなかった。企画性さえあれば、人の記憶に残るのは、やはり紙における広告だと、塔子は今でも考えている。

現在、塔子は化粧品メーカーをスポンサーに、女性誌の合同広告企画を進行中だ。各雑誌の読者層に合わせた女優やモデルをアイコンに、記事仕立てで広告を展開する。連日気の抜けないチェック作業が続いているが、スポンサーからも媒体からも、手応えは充分にあった。

帰り支度《じたく》でオフィスを出て行く指原を後目《しりめ》に、塔子は自分のデスクに戻り、パソコンに向かった。未読のメールを開きながら、捨《す》て台詞《ぜりふ》のように響いた指原の言葉を反芻《はんすう》する。

あんた、プロだもんな――。

それが上司が部下に言う台詞かと、キーボードを打つ指先に力をこめる。

同時に分かるのは、そんな気の抜けたことを軽く口にできるほど、自分が指原にとって、脅威《きょうい》ではないということだ。

転籍二年目の指原は、今回の早期退職の対象者ではない。たとえそうであったとしても、常務を伯父に持つ彼が、会社側からの一方的な公示に、一般社員のような不安を抱くとは思えない。

指原が陰で自分を「氷の女」と揶揄《やゆ》していることも、四十過ぎの独身を引き合いに、「ああなったらおしまいだ」と若い女子社員たちを脅《おど》かしていることも、塔子はとうに知っている。

メールを優先順位に並べなおしてひと息つくと、塔子はブラウザを閉じた。

携帯《スマホ》に登録している取引先の連絡先《れんらく》を引き出そうとバッグの中を探り、一瞬青ざめる。

いつも入れているはずの外ポケットの内側に、メタリックの感触がない。塔子は慌《あわ》ててポケットの中を覗《のぞ》き込んだ。

そういえば――。

昨夜、ドラァグクイーンのところで休ませてもらったとき、バッグが濡れているのを気にして、携帯を取り出した覚えがある。

バッグの奥に仕舞い直したつもりが、そのままテーブルの上にでも置いてきてしまったのだろうか。肝心《かんじん》なところになると記憶は曖昧《あいまい》だが、他に思い当たる節がない。

すぐさまインターネットに接続し、地元の駅名と飲食店で、検索《けんさく》をかけてみる。

かなりの数の店がヒットしたが、そこにあの店らしい住所や外観《がいかん》は出てこなかった。「マカン・マラン」でも試《ため》したが、結果は同じだった。

今時、ネット検索で情報が出てこないなんて。

やはり、あそこは店ではなく、個人宅なのかもしれない。

今夜は、どうしても抜けられない打ち合わせと、その後の会食が入っている。とにかく明日の朝一に、もう一度あの古民家を訪《たず》ねるしかないだろう。

万一、置き忘れたのがドラァグクイーンのところでなかったとしても、セキュリティーは厳重にかけているのだから、個人情報を抜き取られるようなことはないはずだ。

深呼吸して自分を落ち着かせると、塔子は画面を切り替え、新しく受信したメールを読むことに意識を集中させようと努力した。


翌日、塔子は午前半休を取り、駅前の商店街に向かった。

途中にある小さな公園は幼稚園《ようちえん》に隣接《りんせつ》していて、開園時間には、いつも子供《こども》を送ってきた母親たちがたむろしている。自転車を支えたまま立ち話に興《きょう》じている同世代の女性たちを後目に、塔子は商店街の外れに歩を進めた。

人がすれ違うことすらできない細い路地は、知らない人なら、足を踏み入れることさえ躊躇《ちゅうちょ》するだろう。空調の室外機やポリバケツが並ぶ裏路地を、野良猫《のらねこ》にでもなった気分で、どんどん奥へ分け入っていく。

だがハナミズキの花が見えてきたところで、塔子は足をとめた。

先日の夜の、南国の庭を思わせる静かな佇《たたず》まいとは、まるで様相が違っている。

スパンコールがびっしりとついたミニドレス。真《ま》っ赤《か》なサテンのロングスカート。高さ二十センチを超えるかという、竹馬のようなハイヒール――。

中庭から玄関にかけて、眼を疑《うたが》うような派手な服や靴が、所狭《ところせま》しと並べられている。

店は店でも、そこは飲食店ではなかった。

〝ダンスファッション専門店　シャール〟

書き文字で書かれた看板が、今度はちゃんと、ハナミズキの枝にかけられていた。

塔子が茫然とその看板を眺めていると、にわかに人の気配がして、玄関の扉《とびら》があいた。途端に、大音量のハウスミュージックが溢《あふ》れだす。

「助かっちゃうわぁ、これで今回のショーも大成功ね！」「あなた、これ着ると、まるでユーミンみたいよ」「きゃあ！　本当？」

アップテンポなリズムに乗って、わいわいと店の奥から現れたのは、赤や金のカラフルなウイッグをかぶった女装の男たちだった。

大仰《おおぎょう》な身振り手振りで話すたびに、強烈《きょうれつ》な香水が匂《にお》いたつ。同じような格好《かっこう》はしていても、昨夜出会ったドラァグクイーンとは、声のトーンも話し方のテンションも、まるで違った。

「あら、いらっしゃい」

棒立《ぼうだ》ちになっている塔子に気づき、ロングヘアーの真っ赤なウイッグをかぶった一番若く見える女装男が声をかけてくる。

「あ、あの……」

言いかけて、塔子は言葉を呑《の》んだ。極太《ごくぶと》のアイラインと、鳥の羽のようなつけ睫毛に縁どられた大小の眼が、一斉に塔子に向けられる。

塔子は店の奥にも眼をやったが、先日の優雅な物腰《ものごし》のドラァグクイーンは、どこにもいない。

「その、あの……」

塔子がいつまでも手をこまねいていると、突如《とつじょ》、若い女装男が血相を変えた。

「あんた、もしかして、また、新手の不動産屋？」

途端に、「えーっ」と、軍団が悲鳴のような声をあげる。

「絶対そうよ！　おしゃれなパンツスーツなんて着ちゃって」「信じられない。ここは売らないって、何度もオネエさんが言ってるじゃないの」「本当、しつこすぎるわよ！」

口ぐちに言いながら、自分たちのバッグから、ティッシュや丸めたレシートを取り出し、塔子めがけて投げつけ始めた。

「ち……、違います」

反論しても後の祭りだ。すっかりその気になってしまったドラァグクイーンたちは、「退散退散、悪霊《あくりょう》、退散！」と騒ぎながら、ぐいぐい塔子を路地に追い出そうとする。

名刺《めいし》を差し出そうが、なにを言おうが、まったく埒《らち》があかない。

やむを得ず、塔子は手土産《てみやげ》の紙袋に名刺を落とし入れ、それを先頭で威嚇《いかく》してくる若い女装男に押しつけ、ほうほうのていでその場を逃げ出した。


出社した塔子は、パソコンを前に考え込んでいた。

夜には飲食店のように見えた店が、実は服飾店だとは思わなかった。しかも、おかま御用達《ごようたし》だったとは。

携帯が手元にない心許なさを、今日も味わうのかと思うと気が重い。自分が社会に出た頃は、携帯どころか、パソコンもメールもなかったのに、ＩＴ通信の便利さというのは、後戻りのできない依存性《いぞんせい》を秘めている。

とりあえず利用中断の手続きを取ろうと、契約会社のホームページアドレスにアクセスしたとき、直通電話が鳴った。

「はい、城之崎です」

「ねえ、あなた、貧血のお嬢さん？」

電話口で聞き覚えのある低い声が響き、塔子はハッと息を呑む。

「私、携帯を……」

「大丈夫、ちゃんと預かってるわ」

慌てて言いかけると、含み笑いされた。

「店番から聞いて、絶対そうだと思ったのよ。せっかくきてくれたのに、留守《るす》にしてて悪かったわね。お土産までありがとう」

「いえ、先日は本当に助かりましたから」

「あなたの携帯、名刺の住所に送ってあげてもいいんだけど、よかったら、今夜また店にこない？」

「いえ、今夜は遅《おそ》くなりますので」

塔子は思わず言いつくろう。午前半休を取ったことで、仕事が押せ押せになっていたのも事実だが、大音量のハウスミュージックと、喧《やかま》しい女装軍団の姿が頭をよぎったことも否《いな》めない。

「大丈夫よ」

ところが即座に遮られた。

「今夜は、夜のほうのお店もやってるから、深夜になっても大丈夫。それじゃ、仕事が終わったら、何時になってもいいから忘れ物を取りにいらっしゃいね。待ってるわ」

一方的にそう告げると、取りつく島もなく通話は切れた。


その日は突発的な案件が続き、結局塔子は電話で口にした通り、深夜近くに地元駅へ降りたった。時計《とけい》を見ると、既《すで》に二十三時近い。

シャッターが下りた商店街を歩きながら、塔子は「何時になってもいいから」と告げてきた低い声を思い返した。

商店街の裏路地を進み、ハナミズキのある中庭が見えてきたとき塔子は軽く息を呑んだ。ハナミズキの根元に「マカン・マラン」のスチール看板が立てかけられ、その奥の玄関には、炎のともったカンテラが柔《やわ》らかな影を落としている。

ためらいがちに呼《よ》び鈴《りん》を押せば、すぐに「はあい」と声が響き、みしみしと廊下《ろうか》を歩く音が聞こえた。

「いらっしゃい」

重い木の扉が開き、ピンクのボブウイッグをかぶった先日のドラァグクイーンが、中世のナイトドレスのような優雅な装いで現れる。

「あの、夜分遅くに、すみません」

「いいのよ、さあ、入って」

「いえ、もう遅いですし、携帯さえいただければ、今日はもう、お暇しますので」

塔子はつい視線を巡《めぐ》らせ、部屋の奥を探ってしまう。

今のところ、ハウスミュージックのせわしないリズムも聞こえないし、香水のきついおかま軍団の姿も見えなかった。

「ねえ、あなた」

気もそぞろな塔子の前に、ドラァグクイーンがずいと身を乗り出してきた。

「もしかして、この間の晩みたいな貧血起こしたの、一度や二度じゃないんじゃない？」

いささか厳しい口調でそう問われ、塔子は一瞬口ごもる。

遅れて小さく頷《うなず》くと「やっぱりね」と、ドラァグクイーンは腕を組んだ。

「あたしの見たところ、あなたは陰性《いんせい》の貧血持ちだわ。多分、一日中コーヒーばっかり飲んで、ぎりぎりまで食事をとらずに仕事をしてる、そうじゃない？」

確かに、仕事が立て込んでくると、塔子はいつも食事を後回しにしてしまう。

「おまけに、夜は寝つきが悪く、眠りも浅い。二時間ごとに目が覚めて、そのくせ朝はなかなか起きられないってタイプ。違うかしら」

「なんで、分かるんですか……」

あまりに的確に言い当てられて、塔子は眼を見張った。

「この間、手足が氷みたいに冷えてたわ。完全に体が陰に傾《かたむ》いちゃってるのよ」

氷の女――。

塔子は自分を揶揄する誰かの声を聞いたような気がした。

「それで……。今夜は、ちゃんと食事をしたわけ？」

ぼんやりしている塔子に、ドラァグクイーンが諭《さと》すように声をかけてくる。

気づくと、店の奥からは、なんともいえない温かな香りが漂《ただよ》ってきていた。突然、それまで意識していなかった空腹《くうふく》を覚え、塔子は微《かす》かに喉を鳴らした。


一昨夜のガムラン・ドゥグンに代わり、室内にはクラシックが静かに流れていた。フルートとハープによる、少し感傷的な演奏《えんそう》だ。塔子はシナモンの香るジンジャーティーを飲みながら、肌に吸いつくような感触のひとりがけソファに座っていた。

「ここ、やっぱりカフェだったんですね」

カウンターの奥に声をかければ、厨房《ちゅうぼう》で作業しているドラァグクイーンが声だけで答えてくる。

「カフェっていってもね、元々うちは、昼間やってるファッション店のほうがメインなのよ」

照明《しょうめい》が暗いので前回は気づかなかったが、見回すと、部屋の隅《すみ》のほうに、昼間店先にあったど派手なドレスや小物が並べられていた。

「ここにあるのは全部、特注の一点ものよ。ほとんど嫁《とつ》ぎ先《さき》が決まっているの。あなたのソファの後ろに置いてあるスワロフスキーつきドレスはね、駅前スーパーのレジ打ちオバちゃんたちの社交ダンス愛好会に送ることになってるの」

ショーに出るおかまだけではなかったのかと、塔子は背後のドレスを眺めた。

駅前のスーパーなら、塔子もよく利用している。お揃《そろ》いのバンダナをかぶったレジ打ちのオバちゃんたちが、こんなマリー・アントワネットのようなドレスを着て、社交ダンスを踊《おど》っているとは、夢にも思わなかった。

「ありがたいことに、結構、注文が入るようになっちゃってね。あたしひとりじゃ間に合わないから、裁縫《さいほう》が得意な妹分たちに、お針子《はりこ》にきてもらうようになったの。でも、昼間は皆働いているじゃない。それで、夜作業してもらうときに、賄《まかな》いを作るようになったわけ」

マカン・マラン――。だから、〝夜食〟というわけか。

「最初はスタッフの賄いだけのつもりだったんだけど、服を買いにくるお客さんや知り合いにも振る舞っているうちに、なぜだか常連さんがついちゃってね。いつの間にやら、深夜に賄いカフェをする羽目になっちゃったの。そのために、食品衛生責任者の講習とか保健所の許可とか、本当に面倒だったわ」

そうこぼしながらも、厨房に立つドラァグクイーンの声は、なんだか楽しそうだった。

塔子は、レースのカーテン越しに透《す》けて見えるハナミズキを眺めているうちに、ふと、胸の中に奇妙《きみょう》な懐《なつ》かしさが兆すのを感じた。

台所に立つ人と話をしながら料理を待つなんて、一体、何年振りだろう。それが自分にとって、とうに通り過ぎてしまった時代だという喪失感《そうしつかん》を伴《ともな》っているせいか、懐かしさには、常に一抹《いちまつ》の寂《さび》しさがつき纏う。

「お待たせ」

ムートンスリッパの音を響かせ、ドラァグクイーンが料理を運んできた。

テーブルの上に設《しつら》えた鍋敷《なべし》きの上に、ひとり用の土鍋が置かれる。

「春野菜のキャセロールよ。熱いから、器《うつわ》には触れないでね」

オーブンで仕上げた、グラタンのようにも、シチューのようにも見える料理だった。

ぐつぐつと音をたてる煮込《にこ》みの表面で、こんがりと焼けたチーズが黄金色《おうごんいろ》の網《あみ》を作っている。

「キャセロールっていうのはね、北米の家庭料理なんだけど、本当は暖炉《だんろ》で作る料理なの。今夜は寒いから、丁度《ちょうど》いいでしょう」

焦《こ》げたチーズをスプーンで突くと、とろとろに煮込まれたキャベツや玉葱《たまねぎ》やじゃが芋《いも》が、中から顔をのぞかせた。

ひと匙掬《さじすく》って口の中に入れてみる。

途端に唾液腺《だえきせん》が刺激され、耳の下がきゅうっと痛くなった。

春野菜の優しい甘みが口いっぱいに広がり、塔子は思わずうっとりする。上にかかっているのは、モッツァレラチーズだろうか。あっさりとしていて塩気《しおけ》が薄く、それでいてもっちりとした舌触りにコクがある。

お酒の飲めない塔子は、時間を外すと、夕食を抜いてしまうことがよくあった。

深夜にあいているのは、居酒屋かラーメン屋ばかりで、そういう店に、胃腸《いちょう》の弱い塔子の食指が動くメニューはほとんどない。

一度、二十四時間営業のファミレスでパスタを食べたことがあったが、油が合わなかったのか、食べた直後に気分が悪くなってすべて戻してしまった。ならば食べないほうがましと、濃縮還元《のうしゅくかんげん》の野菜ジュースだけを流し込んで、寝てしまうことも多かった。

けれど、こんなに穏《おだ》やかな味わいの料理なら、どんなに疲れきっていても喜んで受けつけるのだと、塔子は新鮮《しんせん》な驚きを覚えた。

「毎晩、こんな時間まで食事抜きで働いてるなんて、あなた、胃も相当弱ってるはずよ」

夢中になってスプーンを口に運んでいる塔子の隣のテーブルに肘《ひじ》をつき、ドラァグクイーンが心配そうな視線を寄こす。

「でもね、この時期のキャベツには胃や十二指腸を整える成分が多いのよ。スープのとろみはくず粉でつけてあるの。くず粉には疲労《ひろう》した胃の血管を若返らせる効果があるのよ」

彼には、料理以上の知識もあるようだった。

「この、キャベツと一緒に煮込んである粒々《つぶつぶ》したものはなんですか」

「それはね、蕎麦《そば》の実とひえなの。よく炊《た》いた蕎麦の実は、陰性の体を中庸《ちゅうよう》に導《みちび》いてくれるのよ」

「味つけはなにでするんですか」

「基本はお出汁《だし》と塩胡椒《こしょう》だけど、うちは、深夜に食べるお夜食が中心だから、翌朝の負担《ふたん》にならないように、動物性の食材はできるだけ避けるようにしてるの。お魚で出汁を取ることもあるけど、今回のスープストックは、昆布《こんぶ》とハーブから取ってるのよ。後は大蒜《にんにく》やセロリとかの香味《こうみ》野菜を入れておけば、勝手に味を出してくれるわね」

「野菜だけで、こんなに深い味わいになるんですね」

「グルタミン酸《さん》の勝利ってやつね。野菜の旨《うま》みを侮《あなど》っちゃいけないわ」

「それじゃ、今流れている曲は？」

「あら、料理の質問じゃなくなったのね」

隠しきれない髭が青く浮いた頬に笑みを浮かべ、ドラァグクイーンはそれがドビュッシーの『アラベスク第一番』だと教えてくれた。

「ドビュッシーの中では『月の光』や『亜麻色《あまいろ》の髪の乙女《おとめ》』と並んでメジャーな曲よね。元々はピアノ曲なんだけど、あたしはこのフルートとハープのバージョンが気に入ってるの。アラベスクっていうのは、当時パリで流行していた唐草模様《からくさ》のことでね……」

仕事を抜きにした初対面の人とこんなに話が弾《はず》むのは、塔子にとって珍《めずら》しいことだった。

長年の会社員生活で鍛《きた》えられてはいるが、元来塔子は人間関係があまり得意なほうではない。

学生時代はクラス替えのたび、一緒にお昼を食べるクラスメイトを探すのに苦労した。

ゆるやかに流れるドビュッシーと、美味《おい》しい夜食と、ナイトドレスを纏ったマスカレードの仮面の博識なお喋《しゃべ》り――。

いつまでも浸《ひた》っていたい非日常《ファンタジー》は、しかし、唐突《とうとつ》に打ち破《やぶ》られた。

「いやー！　寒ぅううー！」

乱暴《らんぼう》に玄関の扉が開き、だみ声が響き渡《わた》る。

「四月なのに、なんなの、この寒さ。ふざけんじゃないって感じよ。うわ！　なんか、いい匂い。オネエさーん、今日のお夜食はなにかしらー」

大声で叫びながら、廊下をどすどすと歩いてくる。

ドア口に姿を現した瞬間、真っ赤なロングヘアーのウイッグをかぶった若いおかまは、ソファに座っている塔子を見咎《みとが》め、「あ！」と指をさした。

「昨日の、不動産屋！　性懲《しょうこ》りもなく、店の中に入り込みやがって！」

ウイッグをかなぐり捨てると、突如そこに、角刈《かくが》り頭の人相の悪い男が出現した。

「なに、夜食まで食《く》っちゃってんだよ、てめえ！」

豹変《ひょうへん》したおかまに怒鳴《どな》りつけられ、塔子は仰天する。

「およし、ジャダ！　この人は不動産会社の人じゃないわよ」

すかさずドラァグクイーンが一喝《いっかつ》し、「ジャダ」と呼ばれた角刈り男はしゅんとなった。

「ごめんなさいね」

成り行きをつかめずにいる塔子を、ドラァグクイーンが振り返る。

「ジャダはあたしの妹分なんだけど、元ヤンキーだったから、時々地が出ちゃって……」

では、この角刈り男が、マリー・アントワネットなドレスを裁《た》ち縫《ぬ》いする「お針子」なのか。

「なに、見てんだよ！」

塔子がまじまじと見つめていると、再び男が切れ始めた。

「てめえ、あたしのこと、おかまだと思ってんだろう。まじ、ざけんなよ！」

口角泡《こうかくあわ》を飛ばして迫《せま》ってこようとする男の前に、「およしなさいってば」とドラァグクイーンが割って入る。

「いい加減にしなさい。この人は、あたしが認めたお客さんなの。いいから、あなたは先に手を洗ってきなさい。あなたにも、同じの、作ってあげるから」

角刈り男が渋々《しぶしぶ》引き下がっていったので、塔子はようやくホッとした。

「ごめんなさいね。あの子、ちょっと警戒心《けいかいしん》が強いけど、慣《な》れれば根はいい子なのよ」

ドラァグクイーンは身をかがめ、塔子の耳元で囁くように言った。

「でもね、あの子のいうことにも一理あるの。あたしたちは、おかまじゃなくて、品格のあるドラァグクイーンなのよ。あなたも、あたしのことは、〝シャール〟って呼んでちょうだいね」

ドラァグクイーンは、妖艶《ようえん》な笑みを浮かべてみせる。

「賄いは、いつもたっぷり作ってるの。玄関にカンテラと看板が出ているときは、これからはあなたも、食べにいらっしゃい」

まだぼんやりとしている塔子にウインクを返し、シャールはしなやかな足取りで、カウンターの奥の厨房に消えていった。


その夜以来、塔子は「マカン・マラン」の常連客のひとりとなった。

残業を終えて最寄り駅に降りるたび、さりげなくシャールの店の様子を窺《うかが》いにいく。

シャールは気紛《きまぐ》れなようで、深夜のお店はあいていたり、あいていなかったりした。

昼の服飾店のほうはともかく、夜食専門の賄いカフェに、営業日の規則性《きそくせい》はないらしい。門がぴったりと閉ざされ、灯《あか》りがついていない日もあれば、玄関にカンテラがともされ、中からにぎやかな笑い声が響いてくることもあった。

そんな日は、いつも周囲に、いい匂いが漂っていた。

看板が出ていることにホッとしつつ呼び鈴を押すと、「あら、いらっしゃい」と、シャールはいつも、なんの衒《てら》いもない笑顔で迎《むか》えてくれた。

女がひとりで深夜に外食をしにいけば、大抵なんらかの好奇心を向けられる。それがストレスになる場合が多かった。

けれど、マカン・マランの常連客は、彼等もまた大抵ひとり客だった。

お針子のジャダや、顔見知りになった品のよい白髪の老婦人とは、挨拶《あいさつ》を交わすこともあったが、常にカウンターの上に新聞を広げている中年男は、視線を上げようともしなかった。

店内には、バリ島のガムランやクラシックが静かに流れ、誰もが夜食を楽しみながら、ゆるゆると夜の時間にそれぞれの思考を漂わせている。

シャールの賄いはひとり七百円と破格《はかく》なので、塔子は店にいくとき、できるだけ、店の小物を買ったり、差し入れを持っていったりするように心がけている。他の常連たちも皆、同じようにしているようだった。

残業が深夜に及ぶことがあっても、ハナミズキの奥にカンテラの灯りがともっているのを見ると、塔子は心が軽くなる。「この食材はなにに効く、この季節はなにがいい」という、シャールの豊富な薀蓄《うんちく》を聞くのも楽しみだった。

夜食の後、シャールはひとりひとりの顔色を見て、それぞれに食後のお茶を処方《しょほう》してくれる。マスカレードの仮面にゆったりとした笑みを広げ、乾燥《かんそう》させたハーブや茶葉を選《え》り分けている姿は、さながら妖《あや》しい魔女のようだ。

「あなたは頭を使いすぎね」

シャールはいつも塔子に、脳血管を柔らかくするという、ハト麦とコーンをブレンドした香ばしいお茶を出してくれた。そのお茶を飲むと、張りつめていた頭の一部がゆるゆると解《ほど》けていくようで、塔子はホッと息をつく。

そんなときは、自分が早期退職の対象になっていることも忘れ、新しい企画を作ってみようと考えたりする。シャールの薀蓄は、健康志向のシニア媒体のネタにぴったりだ。

食後のお茶を飲みながら、乗ってくれそうなスポンサーの検索を携帯で始めている自分に気づき、シャールに「頭を使いすぎ」と注意されたばかりなのにと、苦笑することもあった。

社内でどんなに頭打ち感を味わっていても、結局塔子は、今の仕事が好きだった。

「茶や食い物なんかで病気が治るなら、医者はいらないだろ」

ところがシャールの薀蓄に、必ずケチをつける常連が、ひとりいる。

夜食を食べるときでも、カウンターに広げた新聞から眼を離さない、仏頂面《ぶっちょうづら》の眼鏡《めがね》をかけた中年男だ。

ジャダから聞いたところ、男はシャールの中学時代の同級生で、今はその母校の教師、それも学年主任を務めているらしい。

不機嫌《ふきげん》そうな表情で、面白くもなさそうにシャールの料理を食べている男のことを、塔子はいつも不思議な思いで眺めていた。薬指に銀の指輪をはめている男が、なぜ同級生とはいえ、ドラァグクイーンの店で夜食を食べているのか、皆目見当がつかなかった。

だが自分も含め、二十三時近い深夜にたったひとりで賄いに与《あずか》りにくる人たちには、それなりに、なんらかの事情があるのかもしれない。

いつしか塔子は、そんなふうに考えるようになっていた。


翌週は、月に一度の御前《ごぜん》会議から始まった。

浜離宮恩賜庭園のカラスが、ぎゃあぎゃあと騒ぎ続ける中、指原がホワイトボードの前に立ち、報告を続けている。

「今期の予算は、電波、ＷＥＢ、紙ともに、一〇〇パーセントの達成を見込んでおります」

指原が役員たちに向けて指し示している売上報告書は、昨晩、塔子が作成したものだ。媒体ごとに、わざわざ責任担当者の名前を入れるように指示された。

売上だけに特化すれば、当然、単価の高い、電波とＷＥＢの比率《ひりつ》が高くなり、紙は低くなる。資料上、企画グループの売上の四分の三を、指原が担当しているように見せられる。

こんな幼稚なアピールが必要なほど、この会社のグループ長という地位は心許ないものなのかと、塔子は白々とした思いで、窓の外に眼を据《す》えた。

れた。

「城之崎チーフ」

一時間に亘《わた》った報告を遣《や》り過ごし、会議室を出た途端、同じチームの森紀実子《もりきみこ》に呼びとめら
「チーフ、なんとも思わないんですか？　あんなのずるいですよ」

社員用のカフェテリアに入るなり、紀実子は息急《せ》くように捲《ま》くしたててきた。

「あれじゃ、チーフがなんにもしてないみたいに思われちゃうじゃないですか」

紀実子は急に声を潜《ひそ》めて顔を寄せる。

「知ってます？　指原グループ長こそ、自分じゃなんにもしてませんよ。電波なんて営業も楽だし、納品だって素材の受け渡しだけなのに、それまで下請《したう》けの代理店にやらせてるんですよ」

指原があらゆることを子飼いの代理店に丸投げしていることは、塔子ももちろん知っていた。

「私たち紙媒体担当は、企画立案から納品まで、全部自分たちでやってるのに……。あのオヤジ、役員の前では、自分がこのグループを支えてるんだみたいな顔しちゃって。おかしいじゃないですか」

憤懣《ふんまん》やるかたない紀実子の様子に、「確かにね」と塔子は苦笑する。

「でも、役員だって、媒体の単価を知らないわけじゃないでしょう。あんな報告、目くらましにもならないと思うよ」

「それだけじゃないんですよ」

胸までかかる栗色のロングヘアーを揺らし、紀実子は益々《ますます》眼を三角にした。

「指原グループ長、その代理店から、月一で接待まで受けてるらしいですよ」

「へえ……」

思わず塔子は間の抜けた声を出す。

それは、知らなかった。

赤文字系ファッション雑誌から抜け出てきたような、コンサバなメイクとファッションできめている紀実子には、目下、営業販促《はんそく》グループの和気《わけ》グループ長と、不倫《ふりん》の関係にあるという噂がある。

そのせいか、契約社員とは思えないほど、紀実子は社内の情報に精通していた。

「チーフも連休明けから、個人面談、始まるんですよね」

再び声を潜めて尋《たず》ねられ、塔子はハッとして、自分よりひと回り以上若い後輩を見返した。

「今のうちにちゃんとアピールしておかないと、損《そん》ですよ」

眉根《まゆね》を寄せた表情は、一見塔子を案じてくれているようだが、その眼差《まなざ》しの奥に、隠しきれない好奇心が浮かんでいる。

「なにか、飲む？　おごるよ」

興味本位になにかを探ろうとしている紀実子から、塔子は笑顔で視線をそらした。

ミルクティーを手渡せば、塔子の薄い反応に、紀美子は明らかに物足りなそうな顔をしていた。

その晩、塔子がデスクで残業していると、珍しく定時以降も社内に残っていたらしい指原が戻ってきた。役員になにか言われでもしたのか、不機嫌そうに塔子を一瞥《いちべつ》する。

「おい、契約たちにあんまり残業させるなよな」

女性誌企画が追い込みに入っていて、何人かの契約社員にも、二十時過ぎまで残ってもらうことが増えていた。

「ゴールデンウイーク進行がありますから……」

反論しかけた塔子に、

「だから俺じゃなくて、上が言ってんだって」

と、指原は開き直る。

「あいつらの残業代が嵩《かさ》むと、費用対効果が悪いって、上から突かれるんだよ。できないなら、全員切って、下請けに頼むことになるぞ」

言いたいことだけ言って、さっさと退社していく指原の後ろ姿を見送り、塔子は息をついた。

城之崎チーフって、本当に欲がないですよね――。

昼間、カフェテリアで紀実子に告げられた台詞が耳に甦る。

途端に塔子は気まずくなった。

欲がない――わけではない。

ただ、自分はこの二十年の間に、会社の中で色々なことを見すぎてきたのだと思う。

それにあそこでなにかを言って、自分の本音に近い部分を、他部署のグループ長とのピロートークのネタにされるのも嫌だった。

結局のところ、塔子は上司のことも部下のことも信じていない。

一体、いつから自分は、こんなふうになってしまったのだろう。

氷の女――。

あの指原にしてはうまい比喩《ひゆ》を見つけたものだと、塔子は小さく自嘲《じちょう》する。

以前の自分はここまで無感情ではなかった。もっと泣いたり笑ったり、今日の紀実子のように、憤慨《ふんがい》することも多かった。

それなのに、いつから自分は本当に氷のように、心を閉ざすようになっていったのだろう。

塔子が新卒でこの会社に入社したのは、男女雇用機会均等法が施行《しこう》されてから、九年目の春のことだ。ようやく〝女性総合職〟が、社会に定着し始めた矢先だった。

バブルはとうにはじけていたが、女性の職種はどんどん広がり、どこの職場にも男性以上に意欲的に働く女性が登場した。

バブル崩壊《ほうかい》後の経済を支えてきたのは、そうした女性たちではなかったかと、塔子は時折考えることがある。あの頃の自分たちは、恋に仕事に娯楽《ごらく》にと、長引く不景気の中で疲れきっていた男性たちと反比例するように、旺盛で貪欲《どんよく》だった。

だが、ここ数年塔子は、会社を含めた社会全般が、自分のように仕事ばかりしている未婚《みこん》女性を持て余しているのを感じる。

特に四十を過ぎてから、この感覚は強くなった。

世間的には大手と言われている塔子の会社でさえ、部長待遇であるグループ長になった女性は、非営利部門にたったひとりしかいない。

塔子が所属する営利部門に至《いた》っては、未だに前例がないときている。

あんなに華麗《かれい》に働いていた、バブル世代と呼ばれた女性総合職第一期生の先輩たちや、自分の同期は、どこへいってしまったのか。

結局、自分たちの若さや情熱を好きなだけ搾取《さくしゅ》した社会は、梯子《はしご》を昇《のぼ》らせるだけ昇らせて、その先のことは、なにも保証《ほしょう》してくれていなかったということだ。

城之崎さん。あなた、休日、ひとりでなにしてるの――？

ふいに塔子は、この会社で唯一、人事グループのグループ長になった、村田美知恵に悠然《ゆうぜん》と尋ねられたことがあるのを思い出した。あれは、なにかのパーティーのときのことだ。

仕事だけが人生じゃないでしょ――。

酒好きの美知恵が、グラスの中のワインをくるくる回しながら余裕《よゆう》の笑みを浮かべたとき、ああ、自分は見下されているのだな、と、塔子はなにかを発見するように感じた。

二つ年上の美知恵とは、新入社員時代に営業部で一緒に働いていたことがある。

見た目も行動も派手だった女性総合職第一期生の先輩たちとは違い、地味で質素な印象の先輩だった。

当時、塔子には、希和《きわ》という帰国子女の同期がいた。希和には帰国子女特有の押しの強さがあったが、その裏表のない率直《そっちょく》さに、塔子は好感を抱いていた。

美知恵が自分たちに近づいてきたとき、塔子は当初、それを親切心だと受け取った。

彼女より上の先輩たちは、出張や外回りで席を温める時間もないほど忙しく、新入社員の自分たちに、声すらかけてくれなかったからだ。

卵から孵《かえ》ったばかりの雛《ひな》が、初めて眼にしたものを親だと信じるが如《ごと》く、社会に出たばかりの塔子も希和も、美知恵を頼りにするようになっていった。

一見物分りがよさそうに見える落ち着いた先輩に、塔子が微かな違和感を覚えるようになったのは、ある時期より、美知恵が自分たちを別々に呼び出し、巧妙《こうみょう》に懐柔《かいじゅう》しようとし始めてからだ。

元々人間関係に疎《うと》い塔子は、美知恵の意図《いと》が読めず、期待に添《そ》うような反応ができなかった。やがて、美知恵と希和が固く結びつき、いつの間にか、二対一の関係が築かれた。

均衡《きんこう》が崩《くず》れたのは、美知恵が希和をリーダーに推《お》した『女性社員プロジェクト』が、大こけしたことだ。

希和を代表に推した美知恵は総合職から事務職へ異動し、あくまで総合職にこだわった希和は、結局残留《ざんりゅう》を認められず、自主退職に追い込まれた。

当初塔子は、二人が平等に責任を負ったのだと思っていたが、後に、どうやらそれが違っていたらしいことに気づかされた。

某《ぼう》役員の思いつきで始まった『女性社員プロジェクト』は、元々たいして実体のない企画だった。現場の仕事に追われ、本当に忙しかった第一期生の先輩たちがそっぽを向いたこの企画に、新人を担ぎ出して乗ったのが、総合職の中では今ひとつパッとしなかった美知恵だ。

今でも塔子は、美知恵が心底このプロジェクトの成否に執着《しゅうちゃく》していたのだろうかと、疑わしく感じることがある。

美知恵が本当に必要だったのは、新人をサポートする先輩という〝立ち位置〟だったのではないかと。

思えば当時から美知恵には、総合職第一期生の先輩たちのような、営業職への熱い情熱はあまり見受けられなかった。

男性社員以上の頑張りが求められる女性総合職の世界で、これ以上勝てない勝負を続けるより、残業やリスクの少ない事務職への異動を、密《ひそ》かに図《はか》っていた節さえあった。

事実、営業としては目立った実績を上げられなかった美知恵は、非営利部門への異動で、却《かえ》って「営業経験がある事務職」という、好条件でのスタートを切ることが可能になった。

「すべては私の指導不足です」と、総括《そうかつ》会議で深々と頭を下げた美知恵の姿は、役員たちの眼に、随分《ずいぶん》と好意的に映ったようだ。

一方、営業への残留を強く希望した希和がいざ相談に出向くと、美知恵は言葉巧《たく》みにかわしながら、最後は天岩戸《あまのいわと》よろしく、完全に彼女を締《し》め出したという。

「元々、あの人が営業でやりたいことなんて、なにもなかったのよ」

業務グループへの異動を断固拒否し、結局辞表《じひょう》を書かされることになった希和が、最終日に吐き捨てるように呟いた。

「散々理解者のふりをしてたのに、本気の相談には乗ってもくれなかった。私を盾《たて》に社内の注目を集めたくせにね。あんなに逃げ足の速い人、見たことない」

あのときの希和の口惜《くちお》し気《げ》な眼差しを、塔子は今でも鮮明に覚えている。

今となっては塔子にも、美知恵が希和を「抜け道」に利用したことは分かるのだ。

それでも、華《はな》やかだった先輩たちが淘汰《とうた》されたり、愛想をつかして自ら会社を辞《や》めていったりした後、美知恵は、上司の紹介による見合い結婚を経て、一児を出産し、今では女性初のグループ長におさまっている。

そこまで思い返し、塔子は息をついた。

どうして、希和も第一期生の先輩たちも、もう少し踏ん張り続けてくれなかったのだろう。

他のグループには、自分と同様の女性主任が何人かいるが、全員年下の男性グループ長の下で働いている。男女が本当に平等だったのは、現場であくせく働くチーフまでだ。

そして、女性の出世頭《しゅっせがしら》となったのが、誰かを盾にして、リスクを回避しながら巧妙に立ち回ってきた、〝仕事だけが人生じゃない〟村田美知恵だ。

「城之崎チーフ」

突如背後から声をかけられ、考えごとに耽《ふけ》っていた塔子は、思わず肩《かた》を弾ませた。

振り返ると、チーム内で一番若い芳本璃奈《よしもとりな》が、紙筒《かみつつ》を持って立っていた。

「芳本さん、まだ帰ってなかったの？」

「はい。デザインラフが上がったので、取りにいってたんです」

璃奈が紙筒を差し出してきたので、「どれどれ」と、塔子も立ち上がった。

二人でデスクの上に、ラフを広げてみる。三十歳になってにわかに美しくなった元アイドル女優の笑顔をメインに、スポンサーの化粧品が効果的にデザインされていた。

璃奈が苦労して集めた、女優と同世代の一般女性たちのコメントも、読みやすくレイアウトされている。

「いいじゃない」

塔子が唸《うな》ると、璃奈も瞳《ひとみ》を輝かせた。

その表情に、塔子は内心「これだ」と思う。自分にはまだ、この充実感がある。

「すぐ、アプルーバルに回しますね！」

璃奈が女優の事務所に電話をかけ始めた。小柄で線の細い璃奈は、いつもは声の大きい紀実子の陰に隠れていて目立たないが、仕事を振ると意外に律儀《りちぎ》に取り組むところがある。

だが塔子は、「契約の残業を減らさないと、全員切る」と脅かされたことを思い出し、とりあえず璃奈を先に帰らせることにした。

ひとりでオフィスに残り、バイク便の手配を行ないながら、問題は、充実と疲労のバランスなのだと考える。

連休明けから、個人面談、始まるんですよね――。

昼間の紀実子の声が甦り、塔子はふと手をとめた。

充実と疲労のバランスを取りつつ、なんとか踏ん張り続けた自分の辿《たど》り着いた先が、結局、これか。

苦しいゴールデンウイーク進行が終われば、次に人事グループの美知恵に呼び出されることに思いが至り、塔子は再び憂鬱《ゆううつ》な気分に襲《おそ》われた。

ゴールデンウイークが始まったが、女性誌企画の入稿《にゅうこう》を終えた塔子に、別段休日の予定はなかった。

日頃の疲れをとるためにたっぷり眠り、部屋を少し念入りに掃除《そうじ》し、たまに早朝の区営プールで泳《およ》いだり、図書館で本を読んだりしながら、それなりに充実して過ごしていた。

だがふと気づくと、まだ癒《い》えていない傷口を探るように、早期退職のことを思い返している。個人面談を受けてみなければ、今後の自分の処遇は分からない。今考えたところで仕方がない。そう思いつつ、触れれば不快《ふかい》なだけの場所に、塔子はつい手を伸ばしてしまう。

商店街を通りかかるたび、塔子はシャールの店に足を向けた。だが、シャールはどこかへ出かけているらしく、昼も夜も、ハナミズキの前の門の扉はぴったりと閉ざされていた。

連休も半ばの晩、塔子がひとりの夕食の準備をしていると電話が鳴った。

離れて暮らす、母からの連絡だった。

「あなた、この連休はどこにもいかないの?」

開口一番に尋ねられ、塔子は「天気も悪いしね」と、言葉を濁《にご》す。

ならば帰ってくればいいじゃない——。

いつものように、そう切り出されるのが怖くて、「ちょっと忙しいんだ」と、先手を打った。

「それより、お母さん、元気なの？」

母が詮索《せんさく》モードに入る前に、塔子は矢継ぎ早に尋ねていく。

体のこと、父のこと、近所に住む年老いた祖母《そぼ》のこと。

すると母は「そうなの、お父さんたらね……」と、乗ってきた。ひと頻《しき》り愚痴《ぐち》を吐き出してしまえば、母は大抵満足して電話を切ってくれる。

塔子の実家は、房総《ぼうそう》半島の突端の小さな港町《みなとまち》にあった。

実家が千葉《ちば》だと話すと、「近いですね」と言われることもあるが、大型ショッピングモールが集まる船橋《ふなばし》や、ディズニーランドのある浦安《うらやす》と違い、房総半島の先端は、交通の便が悪く、東京からも遠い。おまけに町の中は狭すぎて、あらゆることが筒抜けになる。

地元に残った同級生がほとんど結婚して母親になっている中、塔子が戻れば、どんなことを言われるかは想像にかたくない。

一見物分りよく、母の愚痴を受けとめながら、塔子は自分を狡《ずる》いと思う。

母が本当に愚痴りたいのは、退職後パチンコ浸りだという父のことでも、益々気難しくなったという祖母のことでもない。

十八で東京に出て以来、正月以外はほとんど実家に寄りつこうとしない、ひとり娘《むすめ》のことだろう。

塔子はつくづく、自分は両親になにもしてあげられていないと、苦い思いを嚙《か》みしめた。

孫《まご》を連れて歩く同輩の姿を、子供好きの母がどんな眼差しで眺めているかを想像すると、怖いような気持ちになる。

それでも、名古屋《なごや》への転勤が決まった途端にプロポーズしてきたかつての恋人についていくことは、塔子にはどうしてもできなかった。

すでに三十半ばになっていた塔子に、今更なにをもったいぶっているのかと、男は怒りをぶつけてきた。

名古屋にいったって、塔子ならすぐに新しい仕事を見つけられるはずだ。これからは、もっと無理のない、家計の足しになる仕事をすればいいじゃないか――。

あのとき心の中に巣食った理不尽を、塔子は今も忘れない。

もし、転勤が決まったのが塔子のほうだったら、彼に現在の仕事《キャリア》を捨てるという発想は生まれただろうか。

なぜ自分だけが、そんな選択《せんたく》を突きつけられなければならなかったのだろう。

しかし、本当の鬱憤を口にできず、周辺を彷徨《さまよ》っているような母のか細い声を耳にすると、塔子はひたすらに申し訳なく思った。

その後ろめたさの前では、どんな言い分も正論も、力を発揮してはくれなかった。

「あなたのほうは、変わりはないの？　仕事は順調？」

「大丈夫だよ」

塔子は唇を震わせる。

それすら守れなくてどうする、と、どこかで響く声がある。

電話を切ると、突然、雷鳴が轟《とどろ》いた。

ベランダに出た途端、土砂《どしゃ》のような冷たい雨が、ばらばらと音をたて降り出してくる。

雨の中に沈《しず》んでいく都会の街並みを、塔子はしばらくぼんやりと眺めていた。


連休明けの社内は、どこか悄然《しょうぜん》としていた。

個人面談が始まり、意に染まない異動や減給を伝えられた中堅社員が、会議室から肩を落として現れる。

たまたま傍《そば》を通りかかった塔子は、閉まりかけた扉の隙間《すきま》から、役員と並んだ美知恵の姿をちらりと垣間《かいま》見た。その横顔に、己《おの》が権力に酔うような表情が浮かんでいるのを認めた気がして、塔子は慌てて下を向いた。

塔子も週末には、面談を受けることになっている。

本来、早期退職を勧告《かんこく》するための面談だ。提示《ていじ》される条件が、穏便《おんびん》なもののわけがない。

面談を終えた社員たちが集っているカフェテリアに入っていく気分になれず、塔子は、給湯室へと足を向けた。

「ねえ、面談ってもう始まってるんだよね。城之崎チーフも異動かな？」

突如、自分の名前が耳に入り、塔子はぎくりとして足をとめる。

そっと窺うと、同じチームの後輩たちが、手持ちのポットにお茶を入れているのが眼に入った。倹約家《けんやくか》の彼女たちは、いつもお昼に弁当《べんとう》を持参し、給湯室の無料のお茶を利用している。

「どうだろうね。女性誌企画も一応終わったしね。でも、私たちとしては、チーフがいてくれたほうがいいじゃない。働かないオヤジなんてどこに飛ばされてもいいけど、今、チーフがいなくなったら、色々と面倒なことになると思うよ」

悠然と答えているのは、契約社員の中では古株《ふるかぶ》の紀実子だった。

「でもチーフって、私たちみたいな契約と違ってプロパーだから、なんだかんだいって高給取りでしょう?」

「たとえ減給になっても、城之崎チーフは残るって」

「だよねー。あの人、独身でしょ? 今更転職もできないだろうし、他にやることもないだろうしねー」

そこで全員がどっと笑った。

「でもさ、明日は我が身だよ。ああなる前に、なんとかしないと、私たちだって、やばいよ」

目下不倫中の紀実子のもっともらしい発言に、「だよね」「怖いよね」「やばいよね」と、次々同調の声があがる。

コーヒーを飲むことを諦《あきら》め、塔子は静かに踵《きびす》を返した。

自分のことを噂していた一団の中には、芳本璃奈の姿もあった。璃奈が紀実子たちと一緒にはしゃぐような声を上げていたことに、塔子は少しだけがっかりしていた。

その日、塔子はすべてを振り切るように、定時に会社を出た。明るいうちに電車に乗るのは、随分久しぶりだった。商店街を通りがてら、店を覗いてみると、丁度シャールがファッション店の店仕舞いをしているところだった。

「あら、今日は珍しく早いじゃないの」

エスニックショールをターバンのように頭に巻きつけたシャールが、大きなピアスを揺らしながら振り返る。

これから夜食の買い出しにいくというシャールに、塔子は同行を申し出た。

「お待ちどおさま」

準備を終えて再び中庭に出てきたシャールに、塔子は思わず眼を見張る。

ニット帽《ぼう》をかぶったシャールは、首元にスカーフを巻き、ダンガリーシャツにデニムのジーンズを合わせていた。化粧をしていない、シャールの素顔を見るのは初めてだ。

マスカレードの仮面の下には、意外なほど涼《すず》やかな眼差しの中年男性の顔があった。

「お店や、夜ならいつもの格好でいいんだけどね。さすがにこの時間のスーパーでは目立つでしょう。あたしって、こう見えて、ＴＰＯを弁《わきま》えたドラァグクイーンなのよ」

塔子の視線に、シャールは照《て》れたような笑いを漏らす。

駅前のスーパーに入った途端、「シャールちゃん、シャールちゃん！」と、レジ打ちのオバちゃんたちが小声で手招《てまね》きしてきた。

「シャールちゃん、今日は新じゃがが安いわよ」「新玉葱は、店頭の袋より、バラ売りのほうがものがいいから」「マッシュルームも、いいのが入ってるわよ」「レモンも国産が入ったわ」

次々にオバちゃんたちの声がかかる。シャールは彼女たちにウインクを返すと、早速情報に則《のっと》って旬《しゅん》の野菜を籠の中に入れていった。

一緒に並んで歩きながら、塔子はふと、冷凍食品棚《だな》の硝子《ガラス》扉に映っている自分たちの姿に眼をとめた。女性としてはかなり背が高い塔子と並んでも、シャールは頭ひとつ分抜けている。若いときになにか運動をしていたのだろうか。ダンガリーシャツを通した胸板が、思った以上に厚い。

この腕が、長身の自分を軽々と持ち上げたことを思い返すと、塔子の胸の鼓動《こどう》が高まった。けれど、スーパーの明るい照明の下で見るシャールの化粧気のない顔は、どこかやつれているようにも見えた。

その後、たくさん買い込んだ荷物を手分けして持ちながら、長い商店街を並んで歩き、店まで戻ってきた。

「悪いわね。手伝ってもらっちゃって」

「いえ、いつもご馳走《ちそう》になってますから」

一緒に玄関に上がり、カウンターの奥に運び込む。

塔子が厨房に足を踏み入れたのは、これが初めてだ。

そんなに広くはないが、使い勝手のよさそうな、磨《みが》き込まれたキッチンだった。柱に東京都食品衛生協会の青いプレートが掲《かか》げられている。

責任者の欄《らん》には、油性ペンで「御厨清澄《みくりやきよずみ》」という名が記されていた。

これがシャールの本名なのだろうか。

〝御厨〟だなんて、料理上手のシャールにぴったりすぎる。

「さあ、これだけ買ってくれれば、なんでも作れるわよ。あなた、今夜はなにが食べたい？」

ターバンを巻きなおしたシャールに突かれ、塔子は我に返る。

「どうしたの？　今日は、やけにぼんやりしてるのね。仕事が一段落したんじゃなかったの」

シャールに問われ、塔子は小さく首を横に振った。

「私、今週、早期退職勧告の面談を受けることになったんです」

気づくと、母にも言えなかった言葉が、ぽろりと口をついて出ていた。

シャールはじっと塔子を見つめ返した後、手際よく、食材の下準備にとりかかった。

「お腹、すいたでしょう」

慈《いつく》しむように、そっと囁く。

「お夜食の仕込みの前に、軽く食べましょ」

そして、大ぶりのマッシュルームに、しゃっしゃと包丁《ほうちょう》を入れ始めた。瞬《また》く間に、スライスされたマッシュルームがまな板の上に積まれていく。

それをルッコラの葉と和《あ》え、レモン汁でなじませる。

次に冷蔵庫から取り出した自家製のドレッシングをからめると、シャールはお皿に盛《も》りつけて、塔子の眼の前に差し出した。

「シャンピニオンサラダよ」

あっという間に出来上がったひと皿に、塔子は感嘆《かんたん》の息を漏らす。

生のマッシュルームを食べるのは初めてだった。

口に入れると、さくっとした歯ごたえの後、強い香りがたちのぼる。そのままほろりと崩れて、溶けるように消えていった。信じられないほど軽やかな口当たりだった。

「美味しい……」

「でしょ？　あたしも、こういう飾り気のない料理が一番好き」

だがこうした何気ない料理こそ、包丁使いや味つけに経験と技術が問われるのだろう。

それをいとも簡単にこなせるのは、シャールに本当の料理の才があるからだ。

自分もそんな玄人《プロ》に憧《あこが》れていた。

けれど――。

「曲がりなりにも、懸命に仕事をしてきたつもりです。でも、結局、私の見てきたものなんて、全部、錯覚《さっかく》だったのかもしれません」

夢中になって働いているうちに、瞬く間に年月が過ぎてしまった。塔子には、家庭と仕事を両立させるのが当たり前の、若い世代が持つ器用さや緩《ゆる》さはない。

だからこそ全力で、〝自分の仕事〟と向き合ってきたつもりだった。

しかし、その自分が到達したのが、「ここ」なのだ。

「初めから、私の仕事なんてものは、どこにもなかったのかもしれません」

もっと早く気づくべきだったのかもしれない。

華やかに活躍していた第一期生の先輩や、希和がいつの間にかいなくなってしまったときに。

〝これからは、家計の足しになる仕事をすればいい〟

〝今更転職もできないし、他にやることもない〟

かつての恋人や、若い後輩たちの他意のない声を思い返し、塔子は固く眼を閉じる。

二十年間、自分が探り続けてきた場所に、端《はな》から正解はなかったのだ。

「ごめんなさい。突然、こんな話……」

はたと我に返り、塔子は顔を上げる。

会社社会とは無縁そうなシャールにこんな愚痴を聞かせるのは、迷惑なだけだろう。

「そうね」

だがそれまで黙っていたシャールは、深い溜《た》め息《いき》をついた。

「大手の会社が、自社で育ってきた社員を追い出して、同業他社からもっと安い賃金《ちんぎん》の社員を引っ張ってこようとする話は、よく聞くわ」

それに、と、シャールは腕を組む。

「もう少し現場に眼の利く役員でもいれば、本当に会社を支えてきた中核《ちゅうかく》社員を追い出すことが、どれだけ会社の損失になるか分かりそうなものだけど……。そういう人は、なまじ仕事ができるから、どこかで責任とらされて、失脚《しっきゃく》しちゃってたりするのよね。大きな企業に残るのは、自分が矢面《やおもて》に立つことなく、うまく会社の中を泳ぎまわってきた政治屋ばかりよ」

企業にはびこる宿痾《しゅくあ》を、シャールは的確に指摘《してき》してみせた。

いつもの厚化粧のはげた素顔は、いささか土気色《つちけいろ》をしているが、精悍《せいかん》で知的な、壮年《そうねん》男性の貌《かお》だった。

もしかしたら、この人は――。

茫然と見つめている塔子に、シャールは微笑《ほほえ》んだ。

「でも、あなた、さっき、自分の見てきたものは錯覚だったんじゃないかって言ってたけどね、世の中なんて、元々全部、その人の錯覚なんじゃないの？」

「え？」

「錯覚っていう言い方は変ね。ただ、あたしたちはどの道、自分の眼を通してしか、物事を見ることができないじゃない。だって考えてもごらんなさいよ」

シャールは塔子の肩を叩く。

「あたしのいつもの格好を、他人なんかの眼を通して見てみなさい。間違いなく、死にたくなるわよ」

笑いをこらえてそう言うと、シャールはキッチンの上の戸棚をあけ始めた。

そこからひとり用の鍋を取り出し、塔子に手渡す。

塔子がここで初めて食べた、春野菜のキャセロールの器になっていた鍋だった。

コロンと丸い粘土《クレイ》の鍋は、素朴《そぼく》な手触りが心地いい。

「その鍋、あなたにあげるわ」

「え、でも……」

「もらってほしいのよ」

ためらう塔子に、シャールが少し真面目《まじめ》な顔をした。

「料理人はよく、年代物の土鍋は、その重ねてきた年月の分だけ、料理を美味しくしてくれると言うわ」

おそろいの鍋をテーブルに並べながら、シャールは続ける。

「その鍋も、もう二十年以上使ってるの。おかげさまで、いつも飛びきり美味しいオーブン料理が作れるわ。新しい鍋で作っても、使い込んだ鍋で作っても、味なんて変わらない、それこそ錯覚だと言う人は、大勢いるでしょうよ。でもね……」

振り返ったシャールが、塔子を見つめてゆっくりと告げた。

「あたしは、そういうのって、とっても大事なことだと思ってる」

瞬間。

鼻の奥がつんとした。

眼の前のショールをターバンにしている男性の顔が、ぼんやり歪《ゆが》む。

「シャールさん」

滲《にじ》む涙《なみだ》を悟《さと》られまいと、塔子は必死に上を向いた。

「今夜は……、春野菜のキャセロールが食べたいです」

白粉を塗っていないシャールの頬は、やはり色褪《いろあ》せているように思える。

「了解よ」

けれどシャールはそこに、いっぱいの笑みを浮かべてくれた。


週末、塔子は会議室で、役員と人事部の面談を受けていた。

そこで切り出された内容に、塔子は暫し、面食《めんく》らった。気づくと塔子は、「はい？」と聞き返してしまっていた。

面談の内容は、塔子に企画グループのグループ長代理を任せたいというものだった。

「指原グループ長は、どうされるんですか？」

二年前に転籍してきたばかりの指原は、今回の早期退職の対象者ではないはずだ。

「指原君には、流通に異動してもらう」

役員は淡々《たんたん》とした表情でそう答えた。

流通――。社員の島流しと呼ばれる、配送センター。

塔子はぼんやりと窓の外に視線を流す。相変わらず気温の上がらない日が続き、五月も半ばだというのに、窓枠には結露《けつろ》がついていた。

「城之崎さんには、期待しています」

ふいに柔和な声が響き、塔子は視線を戻す。

作り笑いを浮かべた美知恵が、こちらに身を乗り出してきていた。

「あなたには、私と同じく、女性管理職候補生《こうほせい》として、これからも精いっぱい活躍してもらいたいの」

落ち着いた声音で親しげに続けられ、塔子は黙って下を向いた。

「城之崎チーフ！」

会議室を出て通路を歩いていると、給湯室から飛び出してきた紀実子に腕をつかまれた。

「チーフ、昇進《しょうしん》でしょう？　よかったですね！」

「なんで知ってるの？」

いきなりそう告げられ、塔子は驚く。今の今言い渡されたばかりの内示《ないじ》を、紀実子が嗅《か》ぎつけていることが不気味だった。

「だって……」

紀実子は意に介した様子もなく、塔子を給湯室に誘《さそ》い込む。

「まだ公《おおやけ》になってないですけど、指原グループ長、焦げつき出したんですよ」

「焦げつき？」

「大声出さないでくださいよ。まだ内緒なんですから」

声を潜めつつも、紀実子は黙っていられない様子だった。

販促グループの和気グループ長からのリークなのだろう。塔子は紀実子から、指原が使っていた下請け代理店が、売上を使い込んだ末に倒産《とうさん》したことを、聞かされた。

「結構、大変なことになってるみたいですよ。今、監査《かんさ》が入ってるんですけど、指原グループ長、その下請けから、利益供与《きょうよ》受けてたらしいんですよ」

芸能人のスキャンダルをいち早くキャッチしたネットユーザーのように、「これこそ、天誅《てんちゅう》ってやつですよぉ」と、紀実子は無責任に興奮している。

どうやら紀実子はあらかじめ内示の内容を知ったうえで、塔子が会議室から出てくるのを、給湯室で待ち伏せしていたらしい。

「まあ、あの人、常務の縁故なんで、辞めさせられることだけはないみたいなんですけどね。でもチーフ、よかったじゃないですか。私たちも、これでようやく企画グループがまともになるって喜んでるんです。一発大逆転ってやつですよ。これから益々、よろしくお願いします！」


その晩、塔子はシャールの店で、蕪《かぶ》のポタージュを食べながら、自分が昇進の内示を受けたことを話してみた。

バレエシューズにビーズの刺繍《ししゅう》をしていたジャダは顔を上げて、「へえ、すげえじゃん」と、男の声音で呟いた。

シャールも「よかったわね」と微笑んで、いつもの食後のお茶の準備を始めている。

「しっかし、今年の天気はあり得なくね？　五月晴《さつきば》れってものがまったくないじゃん。いつまでたっても寒いしさ。このまま地球は氷河期《ひょうがき》に突入して、夏なんて、永久にこないんじゃね？」

すっかり女言葉を放棄《ほうき》しているジャダの繰り言を聞きながら、塔子はぼんやりと、「脳血管を柔らかくするお茶」を啜《すす》った。

その頭の中に、一発大逆転、という言葉だけが、木霊《こだま》のように響いていた。

六月に入ると、それまでの低温が嘘のように暑い毎日が続いた。

いつまでも同じ日が続いているように見えて、季節は不可視の部分で推移していたのだと、塔子は改めて感じ入った。

六月の夕刻《ゆうこく》は明るい。六時を過ぎても、枇杷《びわ》のような瑞々《みずみず》しい太陽が、金色の日差しを部屋いっぱいに溢れさせている。

明るい時間に、手の込んだ料理の下ごしらえをするのは、なかなか気分のよいものだ。

作っているのは、シャールからレシピを教わったキャセロール。

キャベツや新玉葱といった春の野菜の他に、アスパラガスやズッキーニ等の初夏《しょか》の野菜を加え、少しだけアレンジしてみた。

野菜が煮込まれてきたのを見計らい、チーズおろしで玄米餅《げんまいもち》を削《けず》る作業に取りかかる。削り終えた餅は、豆乳《とうにゅう》、白味噌《しろみそ》、酢《す》とともに、小鍋に入れて練り合わせる。

実はこの玄米餅こそが、キャセロールの上に網目状にかかっていた、あの味わい深いチーズの正体だった。

あたしは医者から、動物性の食べ物の摂取を控えるように言われていてね。魚介は少しは食べるんだけど――。

レシピを教えてくれている最中に、ふと漏らした言葉から、シャールがなにかの持病を抱えていることに、塔子は気づかされていた。

厚化粧の下の素顔の顔色の悪さは、決して見間違いではなかったのだ。ゴールデンウイークの間、シャールは入院していたらしい。

仕方ないわよ。この世界に、本当になにもかも自由な人なんて、どこにもいないわ。誰でも、何某かの負荷を抱えて生きているものよ――。

微笑んだシャールがそれ以上のことを話そうとしなかったので、塔子も、追及はできなかった。けれど、このときのシャールの言葉は、塔子にひとつの覚悟《かくご》を与えた。

先月末、塔子は結局内示を辞退《じたい》し、早期退職をすることを選んだ。

そして、今月。二十年間勤めてきた会社から、ついに離れることになった。

先のことは、まだなにひとつ決まっていない。

塔子の辞職は、ひとしきり反響を呼んだ。

中堅社員たちに早期退職を勧告してきたのは会社だったのに、たくさんの仕事を背負《せお》っていた塔子のような中核社員が本気で辞めると言い出したことに、美知恵をはじめとする人事部も、役員たちも仰天したようだった。紀実子たち後輩からも、「辞めないでくれ」と縋られた。

だが塔子は、早期退職の勧告は、自分にとってよいきっかけだと判断した。

会社が塔子に女性管理職を打診《だしん》してきたのは、決して日頃の塔子の業績を認めたためではない。前グループ長の不始末《ふしまつ》の後拭《あとぬぐ》いをする人間が必要だったことに加え、現在の与党が、女性管理職登用を推し進めると発表したことへの迎合《げいごう》が、明らかに透けて見えていた。

もちろん、そこに踏みとどまれば、得るものもたくさんあるだろう。

かつて法律の後押しで女性総合職となった塔子自身が、会社の中でたくさんのことを学び、吸収してきたように。

しかし、そうして学習と体験を重ねてきた今の自分だからこそ、今回のそれが「違う」と分かるのだ。

会議室で、美知恵に「私と同じく」と言われたときに、それがくっきりとした。

不正、横領、不倫といった魑魅魍魎《ちみもうりょう》が水面下に蔓延《はびこ》る大手企業で、初の女性管理職を務めている美知恵が、決して気楽だとは思わない。

だが塔子が背負うべき負荷は、美知恵と同じものではない。

自分の負荷は、自分で決める。

そう覚悟を決めた途端、塔子は己の中で長らく凍りついていた根雪《ねゆき》のようなものが、みしりと音をたてるのを聞いた。

玄米餅の小鍋を木べらでかき混ぜていた塔子は、それがチーズそっくりにとろけるのを確認してから火をとめた。

お次は、シャールから譲り受けた、土鍋の出番だった。

ころりと丸いお腹に野菜の煮込みを注ぎ入れ、餅チーズをかけたところで下ごしらえは完成だ。

今日はこのキャセロールを手土産に、「マカン・マラン」を訪ねるつもりだった。

仕上げは店の厨房のオーブンで、こんがりと焼き色をつけて、いつも夜食を作ってくれるシャールに供そう。

二十年物の鍋に仕込んだのだ。

美味しくできないわけがない。

そのしっとりとした土鍋の感触を掌に吟味《ぎんみ》しながら、またしても自分は、なにかを錯覚しているのかもしれないと、塔子は考えた。

今の昂揚感《こうようかん》から眼が覚めたときに、取り返しのつかない後悔が、自分を待ち受けているのかもしれない。

それでもこれからは、自分自身の眼差しで、不確かな未来とつき合っていこう。

二十年物の自分なりの味わいを出せるよう、根気強く次のステージを探っていこう。

いっときの安穏と引き換えに、他人の目線で己を値踏みされ続けることからは、ひとまず卒業だ。

中身をつめた鍋に蓋をして、塔子は、ベランダに出てみた。

まだ充分に明るい西の空を見ながら、どんなに冬の寒さが長引いても、夏至《げし》に向かって確実に抛射線《ほうしゃ》を伸ばしていく、太陽の律儀さを不思議に思う。

繰り返されてきた自然界の約束に、自分も倣《なら》おう。

たとえ、どれだけ長く凍りついていたとしても。根雪が解けた大地には。

何度でも、芽吹きの季節が巡りくる。

第二話

金のお米パン

七月下旬《げじゅん》の西日は、眩《まぶ》しく厳《きび》しい。

べっこう飴《あめ》のような色に染《そ》められた応接室には、むっとする熱気《ねっき》が立ち込めている。

ソファに浅く腰を下ろした柳田敏《やなぎださとし》は、手元の扇子《せんす》を広げ、胸元《むなもと》をばたばたとあおいだ。

母校の弓《ゆみ》が丘《おか》第一中学校の教員になって四半世紀以上。歴史《れきし》はあるが設備《せつび》は古いこの学校にもようやく一部にエアコンが導入《どうにゅう》されるようになったが、設定温度の規制《きせい》が厳しく、西日が差し込むこの時間帯になると、ほとんど用をなしていない。

じっと座っているだけで、胸元に汗が滲《にじ》む。加えて、空気が重い。

テーブルの向かいには、ぴりぴりした表情の母親の横に、ふて腐《くさ》れた少年が座っている。

扇子の陰《かげ》から窺《うかが》えば、傍《かたわ》らの久保智子《くぼともこ》も酷《ひど》く硬《かた》い表情をしている。

少年の名は、三《み》ツ橋璃久《はしりく》。智子が担任する一年三組の生徒だ。

「で……」

扇子を一旦たたみ、柳田はテーブルの上に身を乗り出した。最近とみにせり出してきた腹《はら》の肉がテーブルにつかえる。

いつも薄《うす》っぺらな白衣《はくい》を着て腹を突き出し歩いている自分のことを、生徒たちが陰で〝カーネル〟と渾名《あだな》していることは薄々知っているが、四十の半ばを過ぎた頃から、メタボの克服《こくふく》はとうに諦《あきら》めている。

「なんでお前は、ちゃんと食事をしなくなったんだ？」

柳田の問いかけに、璃久は黙《だま》って俯《うつむ》いた。

「ほら、先生が聞いてるでしょ？」

「なにか理由があるなら、先生にも……」

途端《とたん》に声をあげようとする母親と智子を、ひとまず柳田は扇子で制《せい》した。ふて腐れた子供《こども》を質問攻めにしたところで、答えが返ってくるわけがない。それくらいは長年の教員生活で学習済みだ。

傍らの智子が露骨《ろこつ》に溜《た》め息《いき》をつく。ベリーショートの髪型のせいか、こういうときの智子は必要以上にきつく見えてしまう。

教師になって五年目の智子は、この学校では若い教員のひとりだ。普段は明るく積極的だが、ことが思うように運ばないと、途端に融通《ゆうずう》が利かなくなる。

璃久が突然、母親の作る料理を食べなくなったのは、一カ月ほど前からだという。部活や塾《じゅく》の帰りに、勝手にコンビニやファストフードで食事を済ませてきてしまう。

「でもそのときは、お弁当《べんとう》だけは毎日きれいに食べてくるから、そんなに心配しなくてもいいかなって思ったんです。ほら、この年になると、男の子は外でお友達と一緒に過ごすことのほうが楽しくなりますでしょう？」

璃久の母親が、細く整えた眉《まゆ》を寄せて柳田を見た。

まあ、確かにそうだ。

ある時期から家族が急にうっとうしくなるのは、男なら誰《だれ》にでも覚えがある。

だが璃久は、持たされた毎日の弁当も、実は食べていなかった。大食いの友人に弁当を押しつけ、自分は小遣《こづか》いを使い購買部のカップ麺《めん》や菓子パンを食べていたという。

保護者相談会でその事実が明らかになったとき、どうやら智子がそれを「家庭の問題」だと仄《ほの》めかすような発言をしたらしい。若い智子に意見されたと感じた母親が、次回の相談会に学年主任である柳田の参加を要求してきた。

「うちでは特に変わったことはなにもなかったんです。学校のほうでこそ、なにかあったんじゃないでしょうか」

巻き髪を肩に垂《た》らした四十代の母親は、ちらりと智子に視線を走らせる。

なんとなく反目し合っている二人の女の間で、柳田は内心溜め息をつく。

〝教師は休みが長くていい〟

時折、未《いま》だに真顔でこんなことを言ってくる人間がいるのには呆《あき》れ果てる。

夏休みは単に授業がないだけで、教師には他の月と同様に出勤の義務《ぎむ》がある。緩《ゆる》い「自宅研修」が認められていたのなんて、もう何十年も昔の話だ。

今では校内研修や外部研修が山ほどあり、加えて学年主任ともなれば、授業があるときには手が回らない、こうした様々な面倒事の解決に乗り出さなくてはいけない。

まったく……。

堪《こら》え性《しょう》のない若い教師と神経質な母親たちに挟《はさ》まれて、学年主任はなにかと苦労する。望んでなったわけではないが、キャリアだけは長いのだから仕方がない。

「ちょっと、璃久君と二人で話したいんですが」

まずは不必要にぴりぴりしている二人を部屋から追い出し、柳田は改めて璃久と向き合った。ベルトの上に載《の》った腹の肉をゆすり、柳田はテーブルの上に肘《ひじ》をつく。

「なんか、食いたくない理由でもあんのか」

視線を合わせて尋《たず》ねれば、璃久はふいとそっぽを向いた。

「別に……」

出た。〝別に〟。

最近の子供は、反論さえまともにしない。

柳田はテーブルにつかえた腹肉をもとに戻し、事前に智子に渡《わた》されていたファイルに眼を落とした。

父は中堅《ちゅうけん》専門商社勤めのサラリーマン、母は専業主婦。一見家庭に問題はない。成績は文理共に優秀《ゆうしゅう》で、体育の成績も悪くない。

柳田が担当する理科の成績も、璃久は悪くなかったはずだ。実験の授業にも、友達に囲まれて楽しそうに参加していた記憶がある。部活は生物部――。

柳田がファイルの資料を眼で追っていると、ふいに璃久が口を開いた。

「それに、僕、ちゃんと食べてますし」

「あ？」

「食べてますよ。毎日ちゃんと」

璃久は挑戦的な眼差《まなざ》しで、柳田を見返した。

「でも、なんでお母さんがせっかく作ってくれるご飯を食べないんだよ」

「別に、母が作ったものじゃなくたって、ご飯はご飯でしょ」

「そりゃそうかもしれないけどさ」

「じゃ、いいじゃないですか」

これで話はお仕舞いとばかりに、璃久は口をつぐむ。

「お前、もしかして、母ちゃんと喧嘩《けんか》でもしたか」

「別に……」

また振り出しに戻ってしまった。

その後なにを聞いても璃久がまともに答えようとしないので、柳田は諦めて、璃久の母親と智子を再び応接室に招き入れた。

「しばらく、様子を見たほうがいいでしょう」

「それじゃあ今後も、この件に関しては柳田先生が責任を持って当たってくださるんですよね」

璃久の母に迫《せま》られ、柳田は曖昧《あいまい》に頷《うなず》く。

「まあ、お母さんのほうでも、焦《あせ》らずに見守ってあげてください」

これまでに、一体何回口にしたか分からない台詞《せりふ》だ。

長きに亙《わた》る教員生活でそれなりに体得してきたことだが、中学生が抱える問題は一朝一夕《いっちょういっせき》には解決しない。それを解決するには、それなりに時間が必要になることが多いのだ。

結論を急ぎたがる母親を丸め込み、柳田は璃久を昇降口《しょうこうぐち》まで送った。

「なにかあったら、連絡《れんらく》しろ」

柳田が差し出した携帯《スマホ》の連絡先を、璃久は無言で受け取った。

運動部のかけ声が響《ひび》く校庭を、微妙《びみょう》な距離を保った二つの影《かげ》が遠ざかっていく。

「あんなの絶対、家庭内の問題ですって！」

親子の影が見えなくなるや、それまで黙っていた智子が憤懣《ふんまん》やるかたないというように声をあげた。

「聞きました？　この件は柳田先生が責任持ってくださるんですよねぇって、ああいうことを、平気で私の前で言うようなお母さんですよ。すごい、いやみ。担任の私をバカにしてるの、バレバレじゃないですか」

職員室に戻ってからも、智子の不満は収まらなかった。

「子供を産んでない人に、子供のことが分かるはずないって、平気で言ってくる保護者もいるんですよ。でもそれって、完全にセクハラですよね」

「そうだな」

「同じ独身でも男の高藤《たかとう》先生はなにも言われないのに、どうして女の私だけが、そんなこと言われなくちゃいけないいんですか」

「確かにな」

柳田が馬耳東風《ばじとうふう》を決め込んでいることに気づき、智子が一気に鼻白《はなじろ》む。

「とにかく、三ツ橋君を真似《まね》して、持ってきたお弁当を食べずにカップ麺を食べたがる生徒が既《すで》に出始めちゃってるんです。これ以上他の生徒への影響が広がる前に、夏休み中になんとか問題を解決したいと思います。ですので……」

智子はファイルを抱え直した。

「柳田先生、最後までよろしくお願いします」

滔々《とうとう》と述べた正論の最後を丸投げで締《し》め括《くく》ると、智子はさっさと自分の席に戻っていった。

柳田はデスクにつき、眼鏡《めがね》を外して目頭を揉《も》む。

若い教員は口だけは達者だが、肝心《かんじん》なところが人頼みだ。

「アラサー女教師はおっかないですねぇ」

向かいの席の高藤が、声を潜《ひそ》めて囁《ささや》いてくる。

「柳田先生も大変ですね。久保先生、元々美魔女《びまじょ》風ママ軍団とそりが合わないんですよ」

智子のポロシャツの襟《えり》を立てた後ろ姿を窺いつつ、高藤は益々《ますます》声を潜めた。

「婚活がうまくいかなくて焦ってるのかもしれないけど、まあ、あんなに髪の毛バシバシ切られると、男としても声かけにくいですよね。話してる最中に、〝二番じゃ駄目なんですか〟とか言い出すタイプですよ、あれは」

ものすごく、どうでもいい。

柳田はパソコンを立ち上げ、研修報告をまとめていたファイルを開いた。

校庭からは、陸上部のかけ声や、金属バットが球を打ち返す音が響いてくる。この暑さの中、運動部の顧問《こもん》もご苦労なことだ。

だが屋上から降ってくるひと際高い歓声を聞いたとき、ふと柳田の心に一抹《いちまつ》の寂《さび》しさが湧《わ》いた。

よーい、へーイ!

歓声の合間に聞こえる独特のかけ声は、水泳部のものだ。

途端に眼前に、プールに飛び込む生徒たちがあげる、きらきらした眩しい水しぶきが弾《はじ》け飛ぶ。

数年前まで、この中学にプールの設備はなかった。隣接《りんせつ》する学校のプールを借りて活動していた水泳部の初代顧問は、なにを隠そう柳田本人だ。

とはいえ、柳田自身が特別なにかの貢献《こうけん》をしたわけではない。愛好会時代に嫌々顧問を引き受けたら、生徒たちの力であれよあれよという間に強くなり、いつの間にか都大会へ出場するほどの部へと成長してしまった。

今では屋上に立派なプールが建設され、顧問も選手経験のある若い教員に取って代わられている。

教職なんて、大抵はこんなものだ。

大切に育てても、成長したものは跡形《あとかた》もなく飛び立っていく。

それに元々、自分はそれほど熱意のある教員ではない。誰ともぶつからないように無難に年月をこなしてきたら、いつの間にか学年主任になっていただけのことだ。

教員生活は二十七年目を迎《むか》え、柳田は今年で四十九歳になる。

五十歳未満の規定がある教頭試験を受けるなら、今年が最後のチャンスだ。

今までも再三、教頭試験の受験を勧《すす》められてきたが、今ひとつ乗り気になれなかった。教頭になれば、その先に見えてくるのは校長だ。一学年を見ているだけでも大変なのに、学校全体の責任を負う校長職が、自分に務まるとは思えない。それほどの情熱は自分にはない。

よーい、へーイ！

再び響いてきたかけ声に一瞬《いっしゅん》気を取られ、柳田は慌《あわ》てて首を横に振る。

まずは眼の前の問題だ。

今年の夏は猛暑《もうしょ》と報告書の作成に加え、一年坊主《ぼうず》の謎《なぞ》の偏食《へんしょく》問題に悩まされることになりそうだ。教師にとっての夏休みなんて、結局ろくなものではない。

これなら通常の授業があるほうが、よっぽど気が楽だ。


その日は夜の九時過ぎまで文書作りに追われ、自宅近くの商店街に辿《たど》り着いたときには、ほとんどの店がシャッターを下ろしていた。

猛烈《もうれつ》な空腹《くうふく》で眩暈《めまい》がする。

一昨日より妻と娘《むすめ》がパックツアーに出かけて以降、柳田はもっぱら外食に頼りきっている。

ラーメン屋の暖簾《のれん》を掃《はら》い、柳田は奥《おく》のテーブル席に腰を下ろした。まずは生ビールを注文し、おしぼりでごしごしと顔をふく。

しかし、母娘というのも不思議なものだ。

普段、本当に親子かと疑《うたが》いたくなるほどいがみ合っているくせに、しばしばこうして二人で連れ立って出かけていく。

自分の稼《かせ》ぎは家のローンや娘の教育費に消えていくのに、妻のパートの稼ぎはほぼ娯楽《ごらく》に費やされているというのも解《げ》せない話だ。

もっとも、自分が家族サービスをあまりしないことが、すべての要因のような気もするが。

〝お父さんて、一体、なにが楽しくて生きてるの。いっつもしかめっ面しちゃってさ〟

ふと、高校生の娘からぶつけられた台詞が甦《よみがえ》る。

帰宅の遅《おそ》さに小言を言ったところ、返り討ちに吐き捨てられた。

娘が可愛《かわい》かったのなんて、本当に一瞬だ。今では父親を汚《きたな》いものでも見るような眼つきで眺《なが》め、きくのは憎まれ口ばかり。まるでひとりでここまで育ったような顔をしている。

それにしても、失敬《しっけい》な言い草だ。

確かに時折、鏡に映《うつ》る口角《こうかく》の下がり具合に自分でも驚くことがあるが、そうそう毎日、満面の笑みなど浮《う》かべていられない。自分は、フライドチキンの店頭で客寄せしているカーネル人形ではないのだ。

第一、楽しいことなら山ほどあるわ。

たとえば、これだ。十分もたたずにテーブルいっぱいに並べられた、ラーメン、餃子《ギョーザ》、炒飯《チャーハン》のセットを、柳田はうっとり眺めた。

以前研修で知り合った中国人教師によれば、この組み合わせは日本にきたばかりの中国人をいたく驚かせるという。麺も餃子も炒飯も、中国ではすべてが主食なのだそうだ。言われてみれば、糖質《とうしつ》、油、炭水化物のてんこ盛《も》りだ。

だが、人間はいとも簡単に堕落《だらく》する。その中国人教師も次に会ったときには、この主食三点盛りセットを、「癖《くせ》になりますねー」といそいそと注文するようになっていた。

テレビのバラエティー番組を見るともなしに眺めながら、柳田は欲望の赴《おもむ》くままにビールをあおり、麺を啜《すす》り、餃子をかじり、炒飯を頬張《ほおば》った。確かに最初は至福《しふく》を覚えたのだが、中盤《ちゅうばん》に差しかかると、微《かす》かな胃もたれを感じた。

それでもラーメンのスープを一滴《いってき》残さず飲み干し、柳田は一段と重くなった腹をさすりながら表に出た。

冷房で冷え切った身体《からだ》に、空調の室外機がふき出す熱風が絡みつき、本格的な胸焼けに襲《おそ》われる。

ここ数日、牛丼、とんかつ、ラーメンと、連日チェーン店で食事をとっている。鋼鉄《こうてつ》の胃袋も、さすがに悲鳴をあげているのかもしれない。

こんな日は、やはり――。

柳田は思い立って、商店街の外れへと足を向けた。裏路地のそのまた奥。人ひとりやっと通れる細い道を分け入っていけば、その店は忽然《こつぜん》と現れる。

小さな中庭を持つ、古民家のような一軒家《いっけんや》。

中庭の真ん中ではハナミズキが丸い葉を茂《しげ》らせ、その根元に「マカン・マラン」と記された、小さなスチール製の看板《かんばん》が立てかけられている。

深夜にひっそりと開店する、知る人ぞ知る夜食カフェだ。

商店街の裏路地の奥にこんなお店が隠されているとは、常連でなければ絶対に気づかない。

隠れ家、お忍《しの》び、非公開とくれば、色の白い小柄な訳ありマダムが、しめやかに暖簾を掲《かか》げているところを想像したりする。

しかし、現実は――。

呼《よ》び鈴《りん》を押すと、「はあいー」と野太い声が響き、重い木の扉《とびら》があけられた。

「あらー。柳田、いらっしゃぁああい」

真《ま》っ赤《か》に塗《ぬ》りたくられた唇《くちびる》が、盛大《せいだい》な弧《こ》を描《えが》く。

何度見ても、衝撃《しょうげき》を覚えずにいられない。

玄関の扉の向こうには、身長百八十センチを超すかつての同級生――もちろん同性――が、花柄のナイトドレスから筋肉質の脚をむき出しにして立っていた。

間接照明《しょうめい》に浮かび上がる店内にはひとり用のソファや、アンティーク調の家具が無造作《むぞうさ》に配置され、それぞれひとり客がお茶を飲みながら本を読んだり、黙々《もくもく》と夜食を食べたりしている。

顔見知りの白髪の老婦人に会釈《えしゃく》し、柳田はカウンター席のスツールに腰を下ろした。

「その様子じゃ、食事は済ませてきたみたいね」

カウンター越しに、ピンク色のボブウイッグが揺《ゆ》れる。白粉《おしろい》を塗りたくった頬につけ睫毛《まつげ》の長い影が落ち、さながらピエロか魔女のようだ。

そこに、中学時代、男子からも女子からも厚い人望のあった文武両道の爽《さわ》やかな同級生の面影は微塵《みじん》もない。

ルックスのよい男子を見るたび、心で再三「はげろ」と念じてきた柳田であっても、まさかクラス一の人気者だったハンサムな優等生が、四十を過ぎてから「おかま」になるとは夢にも思っていなかった。

初めて女装《じょそう》姿を見たときは、あまりのショックに「二度と俺の前に姿を見せるな」と怒鳴《どな》りつけてしまったが、いつの間にか、この深夜カフェに週一ペースで通うようになっている。

「ちょっとまた、食い過ぎたみたいでな。いつものあの、スーッとするやつ、頼む」

「了解よ」

膝丈《ひざたけ》のナイトドレスの裾《すそ》を翻《ひるがえ》してカウンターの奥に消えていく後ろ姿を見送りながら、柳田はカウンターに肘をついた。

やがてカウンターの奥から、ハーブやスパイスの独特の香《かお》りが漂《ただよ》ってきた。

「お待たせ」

カウンターの上に置かれたジェンガラのカップには、真っ黒な煎《せん》じ薬《ぐすり》のようなお茶がたっぷりと注《そそ》がれている。ひと口飲んで、柳田は深い息を吐いた。

苦いような、甘いような、からいような、何度飲んでもうまく言い表せない不思議な味わいだ。

味はともかくこのお茶を飲むと、内臓が洗われたように体の中から爽快感《そうかいかん》が湧いてくる。

「なにかあったの？」

ふいにカウンター越しに声をかけられた。

羽毛のようなつけ睫毛の奥から、穏《おだ》やかな眼差しが、じっとこちらを見ている。ふとそこに少年時代の面影がよぎった気がして、柳田はハッとした。

「ストレスが溜まると暴飲暴食がとまらなくなるのは、陽性《ようせい》過多の人の特徴よ。今日のお茶にはいつものプーアルとミントの他に、大麦《おおむぎ》ともちきびをブレンドしておいたわ。大麦ともちきびは、陽性に傾《かたむ》いた体を中庸《ちゅうよう》に戻してくれる作用があるの」

「御厨《みくりや》……」

呼びかけた途端、すかさず「ちっちっ」と舌を鳴らされる。

「昔の名前で呼ぶのはやめてちょうだい。あたしはここでは〝シャール〟なの」

呼べるか――！

「で、なにがあったのよ」

全身で拒否《きょひ》反応を示す柳田には構わず、シャールがカウンターに身を乗り出してきた。

「ああ、うちの学校の一年坊主なんだが……」

気を取り直し、柳田は璃久の状況を手短に説明する。

「要するに、その子はある日突然、お母さんの作るものを一切食べようとしなくなったってことなのね」

「まあ、そういうことだ」

「それはやっぱり、担任の先生が言うように、親子関係が問題なんじゃないの」

「俺も最初はそう思ったんだが、一緒に学校にきている様子からじゃ、それほど仲が悪いようにも反抗《はんこう》しているようにも見えなかったんだよな」

二人並んで帰っていった後ろ姿を思い返し、柳田は首をひねった。

「でも、中学生って、なにが起きても不思議じゃない年頃よね」

まったくだ。すべての学年を担当してきているが、小学生に毛の生えたような一年生、初めての受験を控えた三年生、その間に挟まれて最早意味不明な二年生と、楽な学年がひとつもない。

「けどな……、あの一年坊主は、そんなにひねくれているようにも、問題があるようにも思えなかったんだが」

いつも友達に囲まれ、明るく笑っている印象しかない生徒だった。それに関しては、担任の智子がファイルに記していた所感に異存はない。

「まあ、最近のガキなんて、実際のところなに考えてるか分かったもんじゃないけどな。大体、今の子供は感情が薄くて分かりにくすぎるよ。子供が弱い代わりに、親のほうは異常に強いしな。今のガキどもに比《くら》べたら、俺たちの世代なんてよっぽど我慢強かった……おわっ！」

お茶を啜りながらぼやいていると、いきなり力いっぱい背中をどやされ、もう少しでスツールから転げ落ちそうになった。

驚いて振り向けば、真っ赤なロングヘアーのウイッグをかぶった若いおかまが妙な敬礼をしている。

「センコー、ちぃいーす！」

「ゲッ」

ジャダと呼ばれているおかま2号だ。

柳田は、ヤンキー上がりのこのおかまを最も苦手としていた。

「なにがゲッよ！」

途端にジャダは鉛筆で描いたような眉を逆立て、シャールに「まあまあ」と宥《なだ》められている。

おかま2号は、シャールが昼間同じ店で営むダンスファッション専門店のお針子《はりこ》で、今もスパンコールの刺繍《ししゅう》をしかけたショールを手にしていた。元はといえばこの夜食カフェは、お針子たちへの賄《まかな》いに端《たん》を発しているらしい。

「ちょっと漏《も》れ聞こえちゃったんだけどさ、そういうことなら、未だに中二病《ちゅうにびょう》こじらせてるこのあたしの実体験を、耳の穴かっぽじって参考にしなさいよ」

「はあ？」

「あら、そうね。この子、年齢的にはあたしたちよりずっと中学生に近いんだから、この際意見を聞いてみたらどうかしら」

「あのなぁ……」

二人のおかまに迫られ、柳田は顔をしかめた。

ヤンキーからおかまへと、驚天動地《きょうてんどうち》の変遷《へんせん》を遂げた若造の自分語りに、一体どれだけの汎《はん》用性《ようせい》があると思っているのか。

「中坊にとっての食欲は、つまりは青い性欲に直結ね。いや、食欲に限らないわ。中坊にとってすべての欲は……」

「やめろ！」

「なによ、ここからがいいところなんじゃない。その頃あたしの性欲は」

「やめんか！」

おかまの思春期のヰタ・セクスアリスなど聞きたくもない。

それでもしつこく絡みついてくるジャダを振り払い、柳田は声を荒《あら》らげた。

「おい、御厨、こいつをなんとかしろ！」

呼び名が気にいらないのか、シャールは無視を決め込んでいる。

柳田とジャダが取っ組み合っているのに気づき、部屋の隅《すみ》で静かに洋裁《ようさい》をしていたお針子たちがわらわらと集まってきた。あっという間に色とりどりのウイッグをかぶったおかまたちに取り囲まれ、柳田は悲鳴をあげる。

この店にくると、半々の確率でこうしたろくでもない目に遭う。嫌がれば嫌がる程、なぜかおかまたちは嬉々《きき》として絡んでくるのだ。

ほうほうのていで店を飛び出し、柳田は額の汗をぬぐった。これでは益々ストレスが溜まる。

だがシャールが煎じてくれたお茶のせいなのか、胃もたれは不思議なほどに軽くなっていた。

元々保守的な柳田が、ジャダたちの度重なる攻撃にもめげず「マカン・マラン」に足しげく通うのは、しかし、この魔法のようなお茶のせいばかりではなかった。

そこには、かつての同級生の御厨清澄《きよずみ》ですら気づいていないかもしれない、柳田自身が心に秘める、小さな理由があった。


八月に入ると、ミンミンゼミとアブラゼミが一斉に鳴き始めた。

猛暑は益々厳しくなり、柳田はエアコンのある職員室でも扇子を手放すことができない。

璃久の件に関しては、母親とのメールのやり取りを通して智子とも情報を共有していたが、目立った進展はなかった。相変わらず璃久は、コンビニのおにぎりやファストフードの食事ばかりとっているという。

「一体、なんなんでしょうね」

日誌を手にした智子が声をかけてきた。

「食事以外の件では特別反抗したりすることもなく、家庭内の会話も普通にあるということなんです。塾の夏期講習にも真面目《まじめ》に通ってるみたいですね」

そうなると、無闇に呼び出して説教をするわけにもいかない。

「別に問題ないんじゃないですかぁ」

智子の同期の高藤が、向かいから気楽な口を出してくる。

「なんとなく、ちゃんとした食事を食べたくない気分なんじゃないですかね。中学生は元々ジャンク好きですし。それに、思春期の男子なんて、そりゃあ色々ありますよ」

「ま、高藤先生は、山ほど暗黒歴史《あんこくれきし》抱えていそうですけどね」

智子が絶対零度《れいど》の口調で切りつけていると、背後から「あの……」と、消え入りそうな声がかかった。

振り向けば、ナナフシの如《ごと》く存在感のない数学教師宮沢《みやざわ》が、申し訳なさそうに立ち尽くしている。

「三ツ橋璃久のことですよね。実は先週の生物部の合宿で……」

蚊《か》の鳴くような声でぼそぼそと話し出され、柳田は宮沢が生物部の顧問だったことを思い出した。

「そういえば、宮沢先生が合宿を引率したんですよね」

「はい……」

次に宮沢が語った内容に、柳田と智子は顔を見合わせた。

昆虫採集《こんちゅうさいしゅう》にいった山でキャンプをしたとき、璃久は他の生徒たちと一緒に普通に食事をしていたという。

「一体、なにを食べたんですか」

「キャンプ地で生徒たちが自分で調理したものですから、そんなに凝ったものは作っていません……。一日目はカレー、翌日は豚汁《とんじる》でした……」

まったく視線を上げず、宮沢が呟《つぶや》くように告げる。

柳田は眉間《みけん》にしわを寄せた。

それでは璃久が拒否しているのは、母親の作る料理限定ということか？

「それが、そうでもないんですよ。お母さんの話だと、外食もファストフード以外は嫌がるんですって」

「ほら、やっぱり！」

高藤が掌《てのひら》を打ち鳴らす。

「要するに、ちゃんとした食事をしたくないだけですよ」

「なんで？」

柳田と智子が声を合わせて聞き返すと、高藤は即答した。

「気分ですよ！」

智子は立ち去り、柳田も無言でパソコンに向かった。

その晩、柳田はラーメンチェーン店のカウンターで、ピータン豆腐《どうふ》をつまみに生ビールを飲んでいた。

娘がテニス部の合宿でいないのをいいことに、妻はパート仲間との「女子会」とやらで毎晩遊び歩いている。

柳田ひとりが割を食らい、ここ数日再びチェーン店行脚《あんぎゃ》をするはめになっていた。

〝だって、お父さんと二人きりで顔つき合わせてたって、楽しくないじゃない。なに作ったたって、美味《おい》しいのひと言もないんだから〟

「女子会」に出かけた妻の捨て台詞が頭に浮かぶ。

まったく、母娘そろって失敬だ。パート先のスーパーの残り物惣菜《そうざい》ばかりが並べられる食卓で、一体なにを言えというのか。第一、「女子会」とは何事か。しっかり現実と向き合い、「オバ会」と言うべきだ――。

ピータンを齧《かじ》りながら胸の中でぼやき倒していると、カウンターに出しておいた携帯が震えた。着信画面に璃久の自宅の番号が表示され、柳田は一瞬、嫌な予感を覚える。

店の外に出て通話ボタンを押すと、案の定、璃久の母の悲痛な声が耳朶《じだ》を打った。

「璃久が……、璃久が戻ってこないんです……！」

柳田はピータン豆腐の後に頼もうと思っていた主食三点盛りセットを断念し、早々に勘定《かんじょう》を済ませ、とりあえず学校に向けて小走りに駆け出した。

再び携帯が震える。

今度の相手は智子だった。智子は今、璃久と仲の良いクラスメイトの家に片《かた》っ端《ぱし》から電話を入れているという。

「分かった。俺はこれから学校に向かうから」

なにか分かったらお互いに連絡し合うことを約束し、柳田は通話を終えた。

腕時計《うでどけい》に眼を走らせると、二十二時を少しすぎたところだった。今は塾の夏期講習でも深夜にさしかかることが多い。今時の子供にとってはそれほど遅い時間帯ではないし、この町内は比較的《ひかくてき》治安がいいが、やはり油断《ゆだん》はできない。

夕飯時、相変わらずひとりでカップ麺を食べようとしていた璃久に、珍《めずら》しく早く帰宅していた父親がキレた。問いつめてもまともな理由が返ってこないことに業《ごう》を煮《に》やした父親は、璃久にファストフードばかりを食べ続けた人の動画を無理やり見せたらしい。

動画にショックを受けた璃久は、そのまま家を飛び出していってしまったという。

「何度携帯を鳴らしても、でようとしないんです。でも、当たり前ですよ。大人が見たってショックですもの、あんな動画」

璃久の母は、電話口でそう嘆《なげ》いた。

「私は先生のアドバイス通り、ちゃんと、見守る方向でいたんです。なのに、たまに早く帰ってきた主人が、本当に余計なことをしてくれて……」

商社勤めの璃久の父は出張や残業が多く、あまり璃久との時間が取れないと、以前に聞かされたことがある。たまに接する子供に〝しからば父親の面目を〟と力みすぎて空回りする男親の気持ちは、柳田も分からなくない。

手を出さなければ出さないでなにもしないと誹《そし》られるし、出せば出したで余計なことをしたと責められるのだから、男親というのも難儀なものだ。イクメンが持て囃《はや》されるこれからの時代は違うのかもしれないが、共に過ごす時間が自《おの》ずと限られる父と子は、母と子以上に距離の取り方が難しい。

家庭に身の置き所のない我が身と、今は近所で璃久を探しまわっているらしい璃久の父親の姿を重ね、柳田はいささか同情を覚えた。

それにしても、東京の夏の重苦しい暑さは尋常《じんじょう》ではない。普段の運動不足もあるだろうが、ちょっと小走りになっただけで、全身から汗が噴き出す。

問題は、どこの家でもオフィスでも、マックスで稼働《かどう》しているエアコンだ。

室外機から噴出される熱風が通気性のないアスファルトの上に沈殿《ちんでん》し、深夜になっても一向に温度が下がらない。

すっかり感覚を狂わされた哀《あわ》れな蟬《せみ》が、どこかの公園でじりじりと鳴いている。

顎《あご》を突き出しながら坂を登っていくと、ようやく校門が見えてきた。

柳田は通用口から学校に入り、深夜の教室を、ひとつひとつ懐中電灯《かいちゅうでんとう》で照《て》らしていった。

見慣《みな》れているはずの教室は、夜になるとまた違った表情を見せる。

学校の怪談——なんてものを、信じているわけではない。

だが、人気《ひとけ》のない暗い部屋をひとりきりで見て回るのは、やはり気分の良いものではなかった。

別に怖いんじゃないぞ、ちょっと気味が悪いだけだ。

誰にともなく言い訳をしながら、柳田は階段を上る。

まったく……。いるならさっさと出てこい、一年坊主……。

やはり夏休みが終わったら、セキュリティーの導入を教頭に相談しよう。

これまでにも、家出や悪ふざけで、生徒が深夜の学校に忍び込む事例があったのだ。そろそろ本気で対策を考えたほうがいい。

一年生の教室を回った後、柳田は思いついて部室に向かった。

生物部の部室は、理科室の隣にある。

「おーい、三ツ橋、いるのかー」

部室の扉を開いた途端、柳田は腰を抜かしそうになった。

巨大なアフリカツメガエルが、水槽《すいそう》にどろんと張りつき、暗闇の中で青く発光している。

「うわぁあああっ！」

一瞬、いつも解剖《かいぼう》実験に使っているカエルが復讐《ふくしゅう》にきたのかと思った。

だが実際には、青い光は水槽の向こうの携帯のディスプレイライトによるものだった。

水槽の向こうでは、柳田の絶叫に仰天《ぎょうてん》した璃久が携帯を手にすっかり固まってしまっている。

み、見つけたぞ、一年坊主……！

「三ツ橋、脅《おど》かすなよ」

柳田が溜め息まじりの声をかければ、璃久は細い首を折って項垂《うなだ》れた。璃久のほうがよっぽど怖い思いをしたようだった。

璃久を伴《ともな》って校庭に出ると、ちょうど半分の上弦《じょうげん》の月が天頂《てんちょう》に浮いていた。校庭でも寝惚《ねぼ》けた蟬が鳴いている。

柳田が携帯で母親に連絡をしている間、璃久はじっと俯いていた。

その様子だけだと、それほど反抗的なものや、病《や》んだものは窺えない。小柄な璃久は、少ししょんぼりしていたが、屈託《くったく》のない子供に見えた。

「ほら、帰るぞ」

通話を終えた柳田が促《うなが》すと、素直に後をついてくる。

だがそのとき、突然、くぅーっと小さな音がした。

見れば、璃久が顔を赤くして腹を抱えている。夕食時に家を飛び出して以来、なにも食べていないのだろうから、相当《そうとう》空腹なはずだ。

そう考えた途端、今度は柳田の腹がぐぅーっと鳴った。

思えば自分も、ピータン豆腐しか口にしていなかった。

「なんか食ってくか」

柳田の問いかけに、璃久は益々俯いて口ごもる。

「どうした、好きなもの食わしてやるぞ」

「……じゃあ、マックか、コンビニのおにぎりがいいです……」

やはり、そうくるか。

ふいに柳田の頭に、ひとつのアイディアが閃《ひらめ》いた。

「それじゃ、先生の知ってるお店にいくか」

「え？」

璃久は不安そうな顔を上げる。

「でも、僕、普通のお店の料理は……」

「普通じゃない」

柳田はきっぱりと断言した。

「いいから、一緒にきてみろ。面白いところだぞ。但《ただ》し……」

璃久の肩に手を置いて、柳田は念を押す。

「母ちゃんには、絶対言うんじゃないぞ」

最後のひと言が却《かえ》って好奇心を刺激したのか、璃久はおとなしく後をついてきた。


「いらっしゃぁあああーい」

扉をあけて出てきた人物の姿を見るなり、璃久は口を半開きにしたまま、固まってしまった。

「あーら、今日は可愛いお客さんが一緒なのねぇ。はじめまして、あたしはシャールよ」

璃久に気づいたシャールが、ショッキングピンクのボブウイッグを揺らして満面の笑みを浮かべる。

今日のシャールは首にフリルつきのスカーフを巻き、鮮やかな緑のハチドリのシールプリントが散った、黒いナイトドレスを纏《まと》っていた。

「どうかしら、今日は真夏の夜の夢のタイターニア女王の気分なの」

知るか――!

眼の前でしなを作られて絶句しかけたが、すぐに部屋の奥から香《こう》ばしい匂《にお》いが漂っていることに気がついた。

「なんか、随分《ずいぶん》とうまそうな匂いだな」

「丁度《ちょうど》よかったわ。今日は夏バテ防止に玄米《げんまい》のガーリックライスと野菜のシシカバブをたくさん作ったの。若い子用には、もちあわ入りのピザもあるわよ。さ、入って、入って！」

柳田と璃久は柔らかなスリッパに履《は》き替えて、部屋の奥に進んだ。

「この子が例の子ね」

振り返ったシャールに耳元で囁かれ、柳田は頷く。

「ショック療法《りょうほう》と思ってな」

「んまぁ、失礼ね、なにがショックなのよ」

シャールはナイトドレスの裾を豪快《ごうかい》にさばきながら、カウンターの奥へと消えていく。

柳田はいつものカウンター席に腰を下ろした。

生まれて初めて生に接したであろう女装の大男の衝撃に、璃久はまだ茫然《ぼうぜん》としている。

「安心しろ、あれは人間だ。取って食ったりはしないぞ」

璃久は部屋の中を怖々《こわごわ》と見回した。

間接照明にぼんやりと照らされた室内にはフルートとハープの協奏曲がゆったりと流れ、カウンターの上では燭台《しょくだい》の蠟燭《ろうそく》が、ゆらゆらと優しい炎《ほのお》を揺らしている。

魔法の国の洞窟《どうくつ》のような雰囲気《ふんいき》に、璃久は段々好奇心を駆られているようだった。

「んきゃぁあーっ、中坊！」

しかし次の瞬間、いきなり背後からどつかれ、柳田はスツールから転がり落ちそうになった。

しまった、こやつの存在を失念していた――！

とき既に遅し。

身構えたときには、ジャダが璃久に抱きついていた。

「こらぁ！　生徒から離れろ！」

「なによ、あたしは別にショタじゃないわよ」

「いいから、離れろ！」

あまりのことに声も出せずにいる璃久から、柳田はジャダを引きはがした。

「まったく油断も隙《すき》もあったもんじゃない……」

「あら、あんなのただのご挨拶《あいさつ》よ。ねー」

璃久の同意を得ようと、ジャダは再び顔をつき出してくる。

相次いで現れた女装の男に、璃久は眼を真ん丸くしていた。

「それより、どう？　今日は真夏の夜の夢のパックの気分なの」

いつもの赤いウイッグの上に、緑の羽根つき帽子《ぼうし》をかぶったジャダが二人の前でしなを作る。

だから、知るか――！

柳田が胸の中で猛烈な突っ込みを入れた途端、傍らの璃久が唐突《とうとつ》に声をあげた。

「ルリボシカミキリ」

ジャダが胸につけたブローチを指さしている。

瑠璃色《るりいろ》の羽に黒い斑点《はんてん》を三つ浮かばせた、美しい甲虫《こうちゅう》を模《かたど》ったものだ。

「それがこの虫の名前？」

「はい。日本の雑木林でも比較的見つけやすい、綺麗《きれい》な虫の代表格です。白樺《しらかば》や楢《なら》とかの広葉樹林によくいます。属名はロザリアといって、美しい乙女《おとめ》という意味なんです」

「んまー、あたしにぴったり！　あんた、よく知ってるじゃない！」

ジャダが興奮《こうふん》した声をあげる。

「でも、ルリボシカミキリのこの綺麗な瑠璃色は、生きている間だけのものなんです。死ぬとあっという間に赤茶けちゃうんで、標本には向きません。留《と》めておくことができないから、よくジュエリーの型になるんだと聞いたことがあります」

珍妙なピーターパンのような格好《かっこう》のおかまに臆《おく》さず、璃久は最後まではきはきと説明した。

さすがは生物部だと、柳田も内心感服する。

「ちょっと、すごいわ。この子、虫博士じゃない」

〝虫博士〟というジャダの言葉は最大の賛辞《さんじ》だったらしく、璃久はぱっと顔を輝《かがや》かせた。ひたすら驚いて眼を丸くしていたときとは、別人のような表情をしている。

好きなもののある子供は、強い――。

柳田は、急に生き生きとし出した璃久の横顔をそっと見つめた。

大人のようなしがらみのある世界に生きていない分、子供は好きなものを前にすると、軽々と境界線《きょうかいせん》を乗り越えていく。

水泳部の顧問をしていたときにも、柳田はたびたびこうした瞬間を眼にした。

本来なら考え込んでしまうような事態でも、〝好き〟を前に、子供たちは簡単に世間的な常識を打ち崩《くず》す。

「じゃあ、ちょっと、こっちの図案も見てちょうだいよ。実は今、昆虫柄の特注ドレスを製作中なのよ。詳しい生態を聞いておいたほうが、創作意欲も湧くってもんだわ」

あっという間にお針子部屋に引っ張り込まれ、大勢のおかまに取り囲まれても、璃久は顔色ひとつ変えず「これはツマベニチョウ、これはマルタンヤンマ」と生き生きと昆虫の解説を始めた。

「まあまあ、虫博士の集中講義じゃないの」

そこへ、お盆を持ったシャールが現れた。

食欲をそそる大蒜《にんにく》の匂いが部屋を満たし、柳田は忘れかけていた空腹を思い出した。途端に、胃袋が盛大な音をたてる。

振り返った璃久も、ごくりと生唾《なまつば》を飲み込んだようだった。

ところが――。

「いりません」

シャールがテーブルの上に料理を並べだしたのを遮《さえぎ》るように、璃久の硬い声が響いた。

「あら、どうして。ガーリックライスはお嫌い？　じゃあ、もちあわのピザを食べる？」

「……それも、いりません」

璃久の頑《かたく》なな答えに、部屋の中がしんとした。

「ちょっと、博士。オネエさんの料理、栄養満点で激ウマよ。食べないなんてもったいないわ」

ジャダが声をかけたが、璃久は応えようとしなかった。

「それにあんたくらいの年は、ちゃんと食べないと、いい男になれないわよ」

「じゃあ、ちゃんと食べられない人はどうするんですか?」

それまで大人しかった璃久が急にキッとして顔を上げる。

突然の詰問《きつもん》口調に、ジャダも柳田も、返す言葉を呑《の》み込んだ。

きまりの悪い沈黙が、大蒜の香りが漂う部屋に流れる。

「食べたくないなら、無理して食べる必要はないわ」

やがて、シャールの穏やかな声が響いた。

璃久が立ち上がり、お針子部屋を出ていこうとする。柳田は慌ててその後を追った。

「おい、三ツ橋」

店の外に出ても、璃久は振り返ろうとしなかった。

さっきまで素直で大人しかったのに、食が絡んだ途端、この豹変《ひょうへん》ぶりだ。これは、一体全体、どうしたことだろう。柳田は、璃久の母親の困惑《こんわく》を実感することになった。

仕方なく、柳田は商店街のコンビニでおにぎりを買ってやった。

「お前さ、さっき、本当は食いたかったんじゃないの?」

その問いかけには答えようとせず、璃久はビニールシートから外したおにぎりを口に運ぶ。

焼き海苔《のり》がぱりぱりと音をたてた。

「それにお前、合宿では皆と一緒に普通に飯食ったんだろう? 自分で作った飯ならいいってことなのか?」

やはり、答えは返ってこない。

虫の解説をしていた饒舌《じょうぜつ》さが嘘《うそ》のように、璃久は自分の殻《から》に閉じこもってしまっていた。

柳田は溜め息混じりに質問を諦める。

家までの道中、璃久は黙々とおにぎりを食べ続けていた。


璃久を家まで送り届けた帰り、柳田は再び、「マカン・マラン」に戻ってきた。

「一体、なんだっていうんだろうな」

眉を寄せて呟きながら、カウンターに出し直してもらったシシカバブに齧りつく。

ひと晩特製のハーブオイルに漬け込んだ後、オーブンで焼き上げたというシシカバブは、野菜だけとは思えない風味とボリュームがあった。

肉厚のパプリカは甘く、大きなマッシュルームは弾力《だんりょく》があり、表面がカリッと焦《こ》げたじゃが芋《いも》は中身がホクホクだ。他にもトウモロコシや茄子《なす》やピーマンといった夏野菜がふんだんに串《くし》にささり、色とりどりの見た目も美しい。

動物性蛋白質《たんぱくしつ》を極力使わないシャールの料理を、普段柳田は物足りないと感じることが多いのだが、こうして食べるとやはり他店ではお目にかかれない格別の味わいがある。

なにより、たっぷり食べても胃にもたれないし、尾籠《びろう》な話だが、翌朝の通じもいい。こういう食事を毎日続けていれば、毎朝娘から「お父さんの後のトイレは絶対嫌!」と激しい拒絶を受けずに済むのかもしれないが——。

「でも、いい子だったわ」

柳田が香ばしいガーリックライスを口に運んでいると、カウンターの奥からシャールが声をかけてきた。

「まあな」

コンビニの握り飯が悪いとは言わないが、南瓜《かぼちゃ》の種や松《まつ》の実《み》のぷちぷちとした触感が楽しいこの飯を、璃久にも食わせてやりたかった。

「あいつさ、合宿では皆と一緒に普通に飯食ったらしいんだよな」

「なにを食べたの？」

「カレーと豚汁だってさ」

柳田の言葉に、シャールは少し考え込むような表情になる。

蠟燭の灯《あか》りが揺れるカウンターの奥でじっと黙られると、闇夜に羽ばたくハチドリ模様《もよう》のナイトドレスの効果もあって、本当に妖精《ようせい》の国の女王のようだ。

「なにか、分かるのか？」

「まさか、分かるわけないわよ」

仄暗い炎の陰影で笑顔が怖い。訂正。妖精ではなく妖怪の国だ。

「でも、中学生って、なんだかむき出しよね」

しみじみとした口調で告げられ、柳田はガーリックライスを掬《すく》った匙《さじ》をとめる。

ふいに、メタボの中年オヤジと化した自分と、年齢どころか性別まで不詳のドラァグクイーンになった眼の前の旧友が、同じ制服に身を包んだ中学時代の少年に戻っていくような気がした。

受験という篩《ふるい》を経た高校生と違い、まだ色々なものを覆い隠す術《すべ》を知らない中学生は確かにむき出しだ。

今では勝てない勝負は絶対にしたくない自分ですら、生徒会長に立候補《りっこうほ》したことがあった。成績だけには自信があったから、柄にもなく、自分を試そうと燃《も》えていたのだ。

それに——。ちょっと気になっていた女子生徒が、生徒会にいたことも大きな要因ではあった。二年の前期と後期と三年の前期、三回立候補して、三回とも同じ候補生に敗れた。

その相手が文武両道に秀《ひい》で、おまけにハンサムだった眼の前のおかま、御厨清澄だ。

万人の信頼を得て生徒会長となった長身の御厨の隣に並んだ、長い黒髪の少女の面影を思い起こすと、三十年以上も前の話なのに今でもうっすらと胸が痛む。

それが、こうも堂々とおかまなんかになりやがって……。

段々腹が立ってきた。

「なんだか懐《なつ》かしいわね。あの頃って、あたしたちだって、結構色々あったじゃない」

「忘れたね！」

すかさず柳田は声をあげる。

「あら、あたしは覚えてるわ。当時、一中には廊下《ろうか》が黒光りした木造校舎があって、裏庭に大きな楠《くすのき》が茂ってたわ。ほら、生徒会選挙のとき、あなた……」

「よせ、俺はそんな昔のこと、ひとつも覚えてない」

柳田は断言し、ガーリックライスをかき込んだ。

「それより、茶だ、茶。食後の茶を寄こせ」

空になった皿をカウンターの端に押しやれば、シャールは寂し気な笑みを浮かべて立ち上がる。

もう一中には木造校舎もないし、校舎建て替えの際に、楠も切り倒された。

そして今の自分たちも、とっくにしがらみから無縁な少年ではない。

「いつまでも同じものなんてどこにもない。今じゃ一中も、俺たちがいた頃の面影なんてほとんどないぞ。おまけに、最近のガキは軟弱《なんじゃく》で、分からないことばっかりだ」

自棄《やけ》になったように柳田がぼやいていると、ジェンガラのカップに入ったお茶と一緒に、滑《なめ》らかなこし餡《あん》が掛かった、蒸《む》したてのもちきびの小皿がカウンターに置かれた。

「もちきびの善哉《ぜんざい》よ。陽性過多の人のストレスに効くわ」

餡の小豆色《あずきいろ》と、きびの山吹色《やまぶきいろ》が眼に鮮やかだ。

「……でも、本当にそうかしら」

「あ？」

「今の子って、そんなにあたしたちと違うものかしら」

改まった様子で正面から見つめられ、柳田は一瞬言葉に詰まる。

「そうだよ。もう、俺たちのときとは、時代が違うんだ」

だが結局はそう言って鼻を鳴らした。

シャールはしばらくなにか言いたげにしていたが、小さく微笑《ほほえ》んで再び席を立った。ナイトドレスの裾を翻し、カウンターの奥の厨房《ちゅうぼう》へと消えていく。

ひとり残された柳田は、鮮やかな山吹色のもちきびを木べらで掬って口に入れてみた。滑らかな小豆餡ともっちりとしたきびが舌の上で溶《と》けあう。

自然な甘みにひと息ついていると、カウンターの奥から穏やかな声が響いた。

「近いうちに、また、あの子を連れていらっしゃいよ」


それから一週間ほどたった夕暮れどき。珍しく早めに業務を終えた柳田が商店街を歩いていると、塾の前で璃久がしゃがみ込んでいた。

璃久は携帯を片手に菓子パンを食べている。熱心にＬＩＮＥかなにかを読んでいるようだったが、柳田に気づくと、すぐにアプリを閉じて携帯を後ろ手に回した。

「また、そんなもん食って……」

食べかけの菓子パンに眼をやり、柳田は眉間にしわを寄せる。

「お前の母ちゃん、心配してるぞ」

璃久はふいと横を向いた。

「母ちゃんだけじゃない。担任の久保先生だって、ずっと気にしてんだぞ」

「……僕、ちゃんと食べてます」

「だから、ほっとけってか？」

璃久は下を向いて押し黙った。

商店街の向こうの雲が、見事な薔薇色《ばらいろ》に色づいている。夏の雲は白く分厚く、夕日によく映える。

「まあ、いいさ」

柳田はしばらく璃久を見下ろしていたが、やがて大きく息を吐いた。

ふと、また璃久を連れてこいと言った、シャールの声が脳裏に浮かぶ。

「それより、これから先生の知り合いの店にいかないか？」

「え……」

璃久は困惑したような眼差しで、柳田を見返した。

その眼の中に、怖いもの見たさの好奇心が兆《きざ》していることを、柳田は見逃さなかった。

「多分、虫のドレスができあがってるぞ」

駄目押しにそう告げると、璃久はぴょこんと立ち上がった。

ちょろいぜ、一年坊主――。

「先生と食事にいくって、母ちゃんにちゃんとメールしろよ」

「……僕、もう食べたんで、食事はいりません」

おっと、失敗。

「食わんでもいい。でも、あの店、面白いだろ」

柳田は一応釘《くぎ》をさしておく。

「但し、母ちゃんに、どんな店かは絶対に言うなよ」

親に言うな――。

ひょっとするとこの言葉は、中学生にとって絶妙な殺し文句なのかもしれない。

今回も璃久は、結局瞳《ひとみ》をきらめかせて柳田の後をついてきた。

まだ時間が早かったので、「マカン・マラン」の看板は出ていなかった。中庭のハナミズキの幹《みき》でミンミンゼミが鼻にかかったような声で鳴いている。

呼び鈴を押せば、「はあいぃいいいい」といつものだみ声と共に、バンダナでほっかむりをした長身が扉の向こうから現れた。

首元にスカーフを巻き、デニムシャツとジーパンの上に大きなエプロンをつけただけのシャールのあっさりとした姿に、背後の璃久が眼を見張る。もしかしたら璃久は、このとき初めてシャールが男性であることに本当に気づいたのかもしれなかった。

「あら！　なんてグッドタイミング」

柳田の後ろにいる璃久に眼をとめ、シャールは両掌を合わせた。

その途端、微かに粉が舞う。よく見れば、エプロンにも髭跡《ひげあと》がうっすらと残る顎にも、白い粉がついている。

「実はね、丁度今、あなたたちに食べてもらいたいなって思ってた料理を仕込み中だったのよ。さ、入って、入って！」

シャールに促され、柳田と璃久はカウンターの奥の厨房へ案内される。

厨房に入った途端、スパイスの匂いが鼻を擽《くすぐ》った。

ガステーブルの上に置いてある二つの寸胴《ずんどう》から漂ってくるこの香り――。

紛れもない。カレーだ。

打ち粉をしたまな板の上に、黄色い粘土《クレイ》のようなものが載っている。

粘土を二つに割るや、シャールは野太い雄叫《おたけ》びをあげて、それをまな板に叩《たた》きつけた。

「どぅおりゃぁあああ！」

何度も叩きつけられ、捏《こ》ね回され、段々粘土がつるんとした感触になっていく。

柳田と璃久は迫力に圧倒され、半ば怯《おび》えてその様子を見守っていた。やがて、完全につるつるになった粘土を手にしたシャールが二人を振り返る。

「ちょっと手伝ってもらえないかしら。これって結構力がいるのよ。ほら、あたしって、見ての通り、か弱いじゃない？」

どこがだ――！

今更しなを作ってみせるシャールに、柳田は大いに鼻白んだが、傍らの璃久が動いた。

「いいですよ」

なに⁉

璃久は自然な調子でシャールの隣に立ち、まだぶつぶつとしたものが残っている黄色い粘土を受け取った。そして――。

「どりゃ、どりゃ、どりゃぁあああっ！」

二人して雄叫びをあげながら、粘土をまな板に叩きつけ始めた。

やってられん。

呆れ返った柳田はいち早く退散し、いつものカウンター席で雄叫びがやむのを待つことにした。

しばらくすると、粉だらけになったシャールと璃久が、満面の笑みで厨房から現れた。

こうして見れば、璃久はただの無邪気な一年坊主にしか見えない。

「どうした、粘土遊びはもう終わったか」

「あら、やだ。遊びじゃないわよ、失礼ね。ああしてしっかり捏ねとかないと、きちんと発酵《はっこう》しないのよ。これからは発酵タイム。さ、あたしたちはお茶にしましょう。今日は、カルダモンをブレンドしてみましょうね」

璃久もお茶なら抵抗がないらしく、シャールがいつものジェンガラのティーカップに注いでくれたお茶を一緒に受け取った。自然な甘みのある、スパイシーなお茶だった。

「あの……」

お茶を半分ほど飲んだところで、璃久がおもむろに口を開く。

「シャールさんて、いつからおかまなんですか？」

ど直球の質問に、柳田は口に含んだお茶をもう少しで吹きだしそうになった。

「そうね……。難しい質問だわ」

シャールはたいした動揺《どうよう》も見せず、璃久を正面からじっと見つめる。

「あたしたちみたいに性別とは違った格好や振る舞いをする人のことを、一概《いちがい》に括ることはできないのよ。例えば、物心がついたときから、すぐに自分の性に違和感を持つ人もいるけど、あたしはそうではなかったわね」

カウンターの棚《たな》から孔雀《くじゃく》の羽根の扇子を取り出し、シャールは優雅に胸元をあおいだ。

「実はね、あたしと先生は同級生なのよ。あたしたち、あなたと同じ、一中に通ってたの」

「え……」

璃久が驚いたように、眼を見張る。

「じゃ、その頃からおかまだったんですか?」

「先生に聞いてみて」

璃久に好奇心満々の顔で振り返られ、柳田はやれやれと首を横に振った。

「その頃は普通だったよ」

本当は普通どころじゃない。勉強も体育も難なくこなし、男子からも女子からも絶大な人気があった。柄にもなく燃えていた思春期の自分が、一度も勝てなかった相手だ。

「生徒会長までやってたよ」

「あら、ちゃんと覚えてるじゃない。その頃、あたしと先生はね……」

「忘れたね!」

柳田は慌ててシャールの言葉を遮った。

「じゃ、どこでおかまになったんですか?」

璃久の質問に、シャールは再び扇子を揺らめかす。

「あたしはね、こうなるのはとても遅かったの。普通に大学を出て、普通に会社に入ったわ。ま、なにが普通なのかは、今でもよく分からないけどね」

シャールの口元に笑みが浮かんだ。

「あたしたちが社会に出たときはバブルって言ってね、今では考えられないくらい、世の中が浮かれてたのよ。本当に凄《すご》かったわ。あたしはそこで、証券の仕事をしていたんだけど、ひと晩で何億ってお金が簡単に動くの。なんだか皆、熱に浮かされたような感じでね、あたしも猛烈に働いて、猛烈に遊んだわ」

いつしか、柳田までがシャールの話に聞き入っていた。

地元の中学教師になった自分とは、まったく違う世界をこの男は見てきているのだと、改めて感じずにはいられなかった。

「でもね、あるとき気づいてしまったの。なにをしても満たされないのよ。なにをしても楽しくないの。でもどうすればいいのか分からなかったわ。だって……」

バンダナを外すと、ピンク色のボブウイッグがこぼれ出た。

「こんなかつらをかぶって会社にいったら、どうなると思う？」

「笑われる……？」

遠慮がちに答えた璃久に、シャールは首を横に振る。

「笑われるだけならまだいいわ。でも当時なら、多分、叩き出されてたと思うの。だから、すごく悩んだわ」

神妙な表情でシャールの話に聞き入っている璃久を眺め、柳田は、なぜ自分が璃久をこの店に連れてこようと思ったのか、その理由が分かったような気がした。

〝ショック療法〟なんて、憎まれ口を叩いたけれど、本当は違う。

シャールには、人を引きつける不思議な力がある。いつだって、そこにいるだけで、誰もが自然と彼の話に耳を傾ける。

昔はそれを、彼がハンサムで人当たりのいい優等生だからだと思っていた。

だがおかまになった今も、それはちっとも変わっていない。

ナイトドレスを着た厚化粧《あつげしょう》の中年男が昼の服飾店の傍ら夜な夜な開く夜食カフェに、いつの間にか常連客が集うようになっている。

その秘密《ひみつ》を、柳田は今、垣間《かいま》見ている気がした。

シャールは相手が誰であろうと、態度を変えない。それが同い年の柳田であろうと、小学生に毛の生えたような一年坊主の璃久であろうと。

常に、自分の考えを自分の言葉で、率直《そっちょく》に語っている。

こんなことは教師にだってなかなかできない。

つい子供の理解力を疑い、その背後にいる保護者の影を窺ってしまう。そこで口から出るのは、いつだって無難で差し障《さわ》りのない建前ばかりだ。

建前を並べたてる大人たちに、子供の本音を引き出すことなど、決してできやしない。

「それでもね、人生の半分と言われる年齢になって、本当にこのままでいいのかしらって思ったときに、やっぱり、叩き出されても、罵《のの》られても、本当の自分の姿になりたいと思ったの」

「それで、かぶったんですね」

璃久がピンクのウイッグを指さす。

「そうよ」

「会社は？」

「もちろん、いけなくなったわ。それまで仲良くしていた人たちとも、お別れすることになったし、家族にもたくさん迷惑《めいわく》をかけたわ」

すっかり考え込んでしまった璃久に、シャールは穏やかに微笑んだ。

「でもあたしは、元々お裁縫《さいほう》やお料理が大好きだったの。だから、それを仕事にできるようになって、とっても幸せ。もちろんたくさんのものを失ったし、昔みたいにじゃんじゃんお金を使うことはできなくなったけど、他にも楽しいことはたくさんあるし、新しいお友達もちゃんとできたわ。それに、先生みたいに、昔からのいいお友達もいるしね」

「友達じゃない、ただの知り合いだ」

口を挟んだ柳田を意に介さず、シャールはバンダナをかぶりなおす。

「さ、そろそろ発酵が終わったんじゃないかしら。今日のご馳走《ちそう》の仕上げに入りましょう。手伝ってくれるんでしょう？」

璃久は、すぐに立ち上がろうとはしなかった。すっかり考え込んでしまっていた。

「おかまって……大変なんですね」

璃久が溜め息まじりに漏らした言葉に、シャールは口元をほころばせる。

「あら、あたしじゃなくたって、大変よ。先生も、あなたも、他の皆もね」

小さく眼を見張った璃久を、シャールは腕を組んで見下ろした。

「それとね、あたしはおかまじゃなくて、品格のあるドラァグクイーンなのよ。ちゃんと覚えてちょうだいね」

きょとんとした璃久にウインクを投げ、シャールは厨房に入っていった。

「んまー、いい感じに膨《ふく》らんでるわ！」

厨房のまな板の上では、先程シャールと璃久がさんざっぱら叩きつけていた黄色い粘土が、真ん丸に膨らんでいた。

そこからは柳田までがシャールの指示で、ちぎった粘土に寸胴のカレーを詰める作業を手伝わされた。

慣れてくると工作のようで、なかなか面白い。璃久も無心に黄色い粘土を丸めている。

最後は鉄板の上に成形した粘土を並べ、オーブンでこんがりと焼き上げる。

完成したのは、黄金色《おうごんいろ》をした焼きカレーパンだった。

「これは冷めても美味しいけど、焼き立てを食べられるのは、調理をした人の特権よ。さあ、召しあがれ」

柳田は一も二もなく齧りついたが、璃久はナプキンに挟んで手渡されたそれをじっと見つめていた。

「どうしたの、それ、カレーよ」

シャールが穏やかな声で促す。

「皮に使ったのは実は残飯《ざんぱん》。それ、ターメリックを混ぜ込んだ、お米のパンなの。だから捏るのが大変だったのよ。マカン・マラン特製の、金のお米パンよ」

璃久が焼き立てのパンを中央から二つに割ると、もっちりとした皮の中から、湯気《ゆげ》を立てて大きな肉の入ったカレーがのぞいた。

「お、なんだ、それ、肉が入ってるじゃないか！」

「そうよ、あっちの寸胴に入ってるカレーは肉入りなの。若い子には動物性蛋白質も必要だもの」

「なんだ、俺にも肉入りを寄こせ」

「あなたは動物性蛋白質は控えたほうがいいわ。おとなしくひよこ豆入りを食べてなさい」

柳田がシャールと言い合っていると、璃久がさくりとパンをひと口食べた。

お、食った——！

「全然、違う……」

思わず眼をむいた柳田の前で、璃久が溜め息のような声を漏らす。

「そりゃ、そうよ」

シャールが腰に手を当てた。

「レトルトでもない限り、作った人が違えば、同じカレーでも百通りの味ができるものよ。あたしと先生は同級生で、昔は同じ制服を着ていたけれど、今じゃ全然違うでしょ。それと同じよ」

璃久は二口、三口とパンを口に運んだ。

「美味しい」

無意識の言葉だったのだろう。

それからすぐに、きまり悪そうにつけ加えた。

「でも、これカレーだから……」

まるで自分自身に、言い訳でもするような口ぶりだった。

柳田は、密《ひそ》かにシャールと眼を見交わした。


翌日、璃久が夏期講習にいっている間に、柳田は智子と璃久の母親を応接室に呼び出した。

昨夜一緒に食事にいった際、璃久が「カレーならいい」というようなことを呟いたと話すと、途端に璃久の母親が顔色を変えた。

「カレー……ですか……」

「なにか心当たりがありますか」

身を乗り出した柳田と智子に、母親は微かに頷いた。

実は璃久たち一家は父の転勤に伴い、仙台《せんだい》の宮城野《みやぎの》区《く》で一年ほど生活していたことがあるという。

「丁度、そのときに震災《しんさい》に遭ったんです」

震災直後、宮城野区でも停電と断水があり、その間、璃久たちは公民館の炊《た》き出《だ》しに通っていた。

「ライフラインが復旧しても、しばらくは計画停電がありましたし、ガソリンもないし、近所のスーパーは品不足で、結局、公民館の炊き出しに頼る日が続いたんです」

だが、そこで出る料理がくる日もくる日もカレーや豚汁ばかりで、しまいには見るのも嫌になってしまった。

「だから、うちではここ数年、あまりカレーを作らなくなったんです。璃久はともかく、主人が嫌がりますので……」

璃久の母親は細い指を頰に当て、不安げに柳田と智子を見返した。

「そういえば」

智子が日誌を手に取りめくり出す。

「ホームルームの時間に、〝進まぬ復興《ふっこう》〟というビデオを生徒たちと一緒に見たことがあるんです」

パラパラとページをめくりながら、智子は日誌の内容に眼を走らせた。

「ほら、今、東京オリンピックの準備に人手が取られて、被災地復興のための建築資材や請負《うけおい》業者が大幅に不足しているという事態が発生していますでしょう?」

そのビデオの内容なら、柳田も覚えている。

オリンピックという国をあげての一大事業の陰で、地方都市の知事たちが、必死になって業者や資材を探す交渉をしていた。しかし、手間がかかり、おまけに賃金《ちんぎん》の低い建築現場では、なかなか請負業者が決まらない。そこには、未だ隣人の声が筒抜けの狭い仮設《かせつ》住宅に暮らしている高齢者の姿などが、たくさん映し出されていた。

「あった！　六月の最終週のホームルームです」

六月下旬――。それは、璃久が母親の料理を食べなくなった時期に符合する。

柳田は、智子と璃久の母親と、それぞれ顔を見合わせた。

どうやら璃久は、そのときのビデオを見て、心になにか思うことがあったらしい。

「でも、私たちが住んでたのは仙台市で、当時のお友達にも仮設住宅で暮らしている地域の子はいなかったはずです」

母親が混乱した様子で、日誌に眼を落とす。

「このビデオに出てきた仮設住宅は、宮城県《みやぎ》だと、気仙沼《けせんぬま》市、石巻《いしのまき》市、南三陸《みなみさんりく》町、女川《おながわ》町です」

「その辺に住んでいる知り合いは、主人の知人含めて、誰もいなかったはずですが……」

智子と璃久の母親がテーブルの上で額を突き合わせているとき、柳田の胸ポケットの携帯が震えた。

眼を走らせると、当の璃久からの着信だ。

「失礼」

ふと胸に嫌な予感を覚え、柳田は智子たちに目配せしてから応接室を出た。

廊下に出て通話ボタンを押した途端、璃久の切羽《せっぱ》詰まった声が柳田の耳朶を打つ。

「先生、シャールさんが倒れてる――！」

柳田は走った。

坂を駆け下り、商店街の人込みをかき分け、重い体を引きずり、息を切らし、それでもなんとか脚を前に運んだ。

シャール――御厨清澄は、病を抱えている。そして今も、その病と戦っている。

いつもかぶっているショッキングピンクのウイッグの下には、ほとんど無毛の頭がある。抗《こう》癌剤《がんざい》治療《ちりょう》によるものだ。

御厨がそれまでの自分のすべてを捨て、シャールとして生まれ変わった背景には、そうした厳然《げんぜん》とした事実があった。

二度と眼の前に現れるなと罵った柳田の前で、シャールは黙ってウイッグを外した。

これがあたしの最後の願いなのよ――。

無毛の頭部を見せられたとき、柳田はおかまに豹変した旧友を、それ以上罵倒《ばとう》することができなくなった。

狭い路地を通っていくと、ハナミズキが緑を茂らせた中庭に、蚤《のみ》の市《いち》のように、ど派手な服が並べられている。所狭《ところせま》しと並べられたハイヒールに躓《つまず》きそうになりながら、柳田は重たい木の扉を押しあけた。

「三ツ橋、きたぞ！　御厨、大丈夫か！」

場合によっては、すぐに救急車を呼ぶつもりでいた。

だが部屋の奥からは、璃久の代わりに、水色の制服と制帽を身につけた、見知らぬ若い男が現れた。

「センコー、ちぃいーす！」

その口調で、柳田はそれがジャダであることに気づく。

そういえばこいつは、確か普段は配送業をしているんだった――。

「御厨は大丈夫なのか？」

「うん。配送のついでに覗《のぞ》いてみたら、虫博士がオネエさんを介抱してくれてたわ。今は落ち着いてるみたい」

部屋の中に入ると、胸元にショールをかけてソファに身を横たえたシャールの傍らに、璃久がじっと佇《たたず》んでいた。

「三ツ橋」

「先生！」

璃久がぱっと顔を上げる。傍らのシャールもゆっくりと身を起こした。

「ああ、柳田、わざわざ悪かったわね。ちょっと、治療にいってきたんだけど、家についた途端、低血糖になったみたいで、くらっときちゃったの」

スカーフをターバンのように頭に巻きつけたシャールは、心持ち、青白い顔をしている。

「でも、もう大丈夫よ。ジャダもきてくれたし。この子にも心配をかけたわ」

シャールが璃久の肩に手をかける。

その背後に、以前ジャダたちが製作していた昆虫柄のドレスが飾られていた。スパンコールやビーズをふんだんに使い、光沢《こうたく》のある甲虫や蝶々の鱗粉《りんぷん》の輝きを忠実に再現している。

誰がどこで着るんだよ、こんなの――。

柳田にはまったく理解できない代物であったが、璃久はどうしてもこのドレスの完成形が見たくて、夏期講習の後にひとりで店を訪ね、そこで倒れているシャールの姿を発見したらしい。

「本当に大丈夫なのか」

「ええ。今日はたまたま、ちょっと気分の悪くなりやすい点滴《てんてき》だったの。そこへもってきて、血糖値が不安定だったみたいで……」

ジャダが用意してくれたお茶を飲みながらシャールと言葉を交わしていると、ふいに傍らの璃久が肩を震わせた。

「こんなの不公平だ……」

璃久は唇を嚙《か》みしめて下を向く。

「シャールさんはおかま……じゃなくて、なんとかクイーンなだけでも大変なのに、そのうえ病気だなんて、こんなの酷すぎる」

ティーカップを支える両手が、小さく揺れた。

「優しいのね……」

震える璃久の肩を、シャールがそっと抱き寄せる。

「でもね、この世の中に、なにもかから自由な人なんてどこにもいないわ。誰だって、自分の荷物は自分で背負《せお》わなきゃいけないのよ」

穏やかに諭《さと》すシャールの声を聞くうちに、柳田ははたと、先の応接室での璃久の母親の話を思い出した。

「おい、三ツ橋」

柳田は璃久に向き直る。

「お前、一体誰に気兼《きが》ねして、ちゃんとした料理を食べようとしないんだ。もしかして、仮設にお前の友達がいるのか？」

まさか東北から引っ越してきたこと自体を気兼ねしているわけではないだろう。もし璃久がそれを気にしているなら、そこに自身の友人が残されていると考えるほうが妥当《だとう》だ。

璃久はしばらく黙り込んでいたが、やがて小さく頷いた。

「祐太《ゆうた》君が、まだ仮設にいます」

「祐太君？　仙台の小学校で一緒だった友達か？」

璃久は首を横に振る。

「祐太君は、気仙沼の小学校です」

「気仙沼？　どこでその祐太君と知り合ったんだ」

柳田の問いかけに、璃久はぽつりぽつりと話し始めた。

小学二年の夏、璃久は数人のクラスメイトと栗駒山で行なわれた昆虫採集に参加した。

それは璃久にとって、学校や親元を離れて自主的に参加した初めてのイベントだった。人見知りをしない璃久は、そこで他校からやってきたたくさんの虫好きの小学生たちと知り合った。祐太はそのうちのひとりだった。

東北の広葉樹林には東京では見たことのない昆虫がたくさんいて、璃久はとびきり楽しい時間を過ごした。やがて山の中腹の白樺林の中で、お昼の時間を迎えることになった。散々はしゃいで興奮した後で、誰もが空腹の絶頂だった。

「でも、僕……。そのとき、お弁当をひっくり返しちゃって……」

丸太の上に腰掛けて弁当の蓋《ふた》をあけた途端、勢い余って中身を地面にぶちまけてしまったのだ。その途端、それまで仲良く話していたクラスメイトたちまでが、いっせいに眼をそらした。周囲にはお店などどこにもない。皆、璃久のドジのために、自分のお弁当を取られるのが嫌だったのだろう。

恥ずかしくて、悲しくて、悔《くや》しくて、璃久は泣きそうになった。

けれどそのとき、たったひとり、自分の弁当を真っ直ぐに差し出してくれた少年がいた。

一緒に食べるっちゃ――!

あのときの祐太の笑顔と、分けてもらった弁当の美味《うま》さを、璃久は今でも昨日のことのように思い出すことができる。

祐太の母は料理がとても上手だった。自分の母が作るスクランブルエッグ状の卵焼きしか知らなかった璃久は、このとき初めて、綺麗な渦《うず》を巻く出汁《だし》巻き卵の味を知った。鰤《ぶり》の照《て》り焼《や》きも、ふっくらと炊《た》かれた花豆《はなまめ》も、本当に美味しかった。

また会おう――。固く約束して祐太と別れた。

けれど結局、それ以降、祐太と会うことはなかった。

次の年の春に震災が起こり、璃久の家族は再び東京に戻ることになったからだ。

「本当のことを言うと、東京にきてからずっと、祐太君のことは忘れていました……」

だが、ホームルームで見たビデオで、一気に記憶が引き戻された。

震災直後のあの心細さ。公民館の冷たい床。立ち込めるカレーの匂い。

水のこと、食べ物のこと、ガソリンのことで、大人たちは度々言い争いをしていた。璃久たちには帰る家があったけれど、宮城野区の海岸沿いには津波《つなみ》で家が半壊《はんかい》してしまった人たちもたくさんいた。大人たちの切羽詰まった表情や声は、小学生だった璃久を慄《おのの》かせた。

今となっては異空間としか思えないあの場所に、未だに括りつけられている人たちがいる。

気仙沼市の映像が映ったとき、真っ先に祐太の笑顔が脳裏に浮かんだ。

いてもたってもいられず、璃久はすぐに仙台時代のクラスメイトに連絡を取った。中学生になった璃久には、彼らと簡単に連絡を取り合える手段があった。携帯の無料アプリ、ＬＩＮＥだ。

その連絡網《もう》を辿りに辿り、ついに璃久は、祐太の近況を突きとめた。

津波被害の大きかった気仙沼市は仮設住宅の建設と用地が追いつかず、最後まで順番待ちをしていた祐太の家族は、結局、岩手県《いわて》一関市《いちのせき》に建てられた仮設住宅に移住することになっていた。

住み慣れた町から遠く離れた慣れない土地での暮らしに、祐太の母は〝心の病気〟にかかってしまい、家事も仕事もこなすことができずにいるという。

それでもＬＩＮＥ上での祐太は明るかった。久しぶりの璃久からの連絡を喜び、「集会所の炊き出しもあるから大丈夫」と、気丈なメッセージを送ってきた。

「でも、大丈夫なはずなんてない」

璃久が拳《こぶし》を固く握りしめる。

あんなに美味しかったお母さんの料理を、祐太は食べられなくなったのだ。

「大丈夫なわけない」

「おい、ちょっと待てよ」

悔しげに繰《く》り返す璃久を、思わず柳田は遮った。

「だからって、お前までが母ちゃんの料理を食べずにいる理由にはならんだろう。そんなことして、一体なんになるっていうんだよ。第一、復興の遅れなんてものは、大人の責任だ。お前ら子供がとやかく騒いだところで……おわっ！」

身を乗り出して説教していると、いきなり、顔にベールのようなものをかぶせられる。シャールが胸元のショールを投げつけてきたのだ。

香水の匂いが鼻を衝《つ》き、おかまの残り香に、柳田は「おえええええ」とえずいた。

「でも、先生の言うことにも一理あるわ」

シャールの凜《りん》とした声が明るい部屋に響く。

ハナミズキの丸い葉っぱが鮮やかに茂る中庭からの日差しが部屋を満たし、頭にターバンを巻いた化粧気のないシャールは、スフィンクスのように堂々として見えた。

「ねえ、璃久君」

シャールが厳《おごそ》かに璃久に向き直る。

「あなたがこんなことをしていることを、祐太君は知ってるの？」

璃久は黙って首を横に振った。

「やっぱりね……」

小さく微笑み、シャールは続ける。

「じゃあ、あなたが祐太君の立場で、東京にいる大事なお友達がこんなことをしていることを知ったら、あなたは一体、なんて言うかしら」

じっと俯いている璃久の肩に、シャールはそっと手をかけた。

「あたしは確かにおかまで苦労も多いけど、だからって、柳田先生にまでおかまになってもらいたいとは思わないわ」

途端にそれまで黙っていたジャダが、「きゃーはっはっは」とひきつけを起こしたように笑い出す。

「こんなオッサンが女装したら、気持ち悪いだけじゃん。どこにも需要なんてないわよ」

「お前の女装にこそ、需要があるとでも思ってるのか！」

「なんだと、オッサン、やんのか、こらぁ！」

ジャダが制帽をかなぐり捨て、角刈《かくが》り頭をむき出しにした瞬間、璃久が突如《とつじょ》、

「バカ！」

と甲高い声を放った。

柳田もジャダも、驚いて璃久を見る。

「きっと……、そう言う」

床に敷かれたペルシャ絨毯《じゅうたん》の上に、涙《なみだ》の雫《しずく》がぱたぱたと散った。

「バカ、ふざけるな……つまんない同情なんてするなって、言う……」

いつしか璃久は天井を仰ぎ、声をあげて盛大に泣き始めた。


八月の最終週。

柳田は智子や高藤たちと共に、有志の生徒たちを引率し、祐太のいる仮設住宅をボランティアで訪れることになった。

夏休みの最後にこんなイベントを企画《きかく》し、柳田は大変な苦労をした。

突然すぎる、宿題はどうするのだ、その仮設以外にも困っているところはたくさんある、一年生がいったところで一体なにができるのか、却って被災地の迷惑になるのではないか、参加の有無が内申に響くようなことはあるのか、生徒の安全性は……。

まともに取り合っていたらきりがない保護者からの苦情や詰問を、柳田は半ば強引に説き伏せた。

ボランティア参加はまったくの自由です。その結果が内申に影響するようなことは、誓ってございません――。

それでも懐疑的な声は、後を絶たなかった。

けれど意外なことに、この柳田の強行に、智子や高藤らの若手教員たちが惜《お》しげもない協力を申し出てくれた。詰めが甘く見える彼らは、こちらがある程度の情熱を示せば予想以上に応えてくれるのだということを、柳田はこのとき初めて知った。

保守的に見える教頭が、校長を説得してくれたことにも驚いた。

とはいえこの日を迎えるまでに、柳田が艱難辛苦《かんなんしんく》を強いられたことは否《いな》めない。

新幹線《しんかんせん》の切符《きっぷ》の手配だ、駅から仮設までのマイクロバスの手配だ、昼食の手配だと、指揮を執《と》らなければいけないことが山ほどあった。ボランティアを受け入れる側にも、微妙な温度差があることもよく分かった。

普段の自分なら、こんな面倒なことは絶対にやらない。

けれど柳田は、無駄なことと知りつつ、祐太の境遇《きょうぐう》を共有しようとしていた璃久の十三歳の純情にほだされた。

たとえどんなに短い間でも、たったひと言の言葉でも。

それが胸の深いところにある琴線《きんせん》に触れれば、少年同士は永遠の親友になれる。

実はその経験を、柳田自身も心に隠し持っていた。

脱線したがる一年坊主どもを、なんとか新幹線の車両に押し込め、柳田は汗をふく。智子が声を張り上げて、生徒の点呼を取っている。

走り出した新幹線の中、隣の席の級友と夢中で喋《しゃべ》っている璃久の明るい表情を眺めながら、柳田は「忘れた」と言い張っている自身の中学時代に思いを馳《は》せた。

二年の前期と後期、三年の前期、三回連続で落選した生徒会長選挙に、少年時代の柳田は完全に心を折られていた。だが、三年の後期、柳田を生徒会長に推薦《すいせん》したのは、なんと、三回連続で自分を打ち負かした当の御厨だった。

バカにしてんのか――？

最初はそう思った。

同じクラスになったことはあっても、いつもクラスの中心だった御厨に、柳田は自分から近づこうとはしなかった。交わした言葉数だって、決して多くはない。

それなのに、彼は推薦スピーチで言ったのだ。

〝柳田は、やるときにはやる男です〟

彼のそのひと言で、自分を取り巻く雰囲気がなんとなく変わった。

柳田なんて、どうせ内申目当てでしょ――。

そんなふうに白けていたクラスメイトたちの自分への眼差しに、微妙な変化が起き始めた。

〝しかもやると決めたら、とことんやる男です〟

はあ？　そうだっけ？

柳田自身でさえそんなふうに思ったのに、シャールの言葉には、今も昔も説得力があった。

御厨が言うなら、そうなんだよ。

柳田、結構やる奴《やつ》かも――。

そんな雰囲気が、学校中に浸透《しんとう》していった。

三年後期の一中の生徒会長は柳田だ。

意中の長い黒髪の副会長が御厨に恋心を寄せていることだけは如何《いかん》ともしがたかったが、結局自分は彼の口車に乗せられたように、結構熱心に生徒会に取り組んだと思う。

〝やるときにはやる男〟

それくらい、彼のひと言が心に刻《きざ》み込まれている。

だからこそ、〝シャール〟という、柳田の頭では理解不能な存在に変身した彼のもとに、今でも足しげく通い詰めているのだ。

旧友の強烈《きょうれつ》な女装姿にはもちろんショックを受けたけれど、なにもかもを捨て、病を押して自分に正直に生きようとする姿に、今でも柳田は密かに感銘《かんめい》を受けている。

シャールに会うと、無用な波風を立てまいとする己の事なかれ主義が、時折恥ずかしくなる。

もしも自分が余命を宣告される立場に立たされたら、面倒を避けている今の自分の生き方を、一体どう思うだろう。

「誰だってこんなものだ」と開き直ることが、果たして本当にできるだろうか――。

いつしか車窓には青々とした田園風景が広がり、智子が被災地に着いてからの注意事項を読みあげ始めていた。

「皆さん、分かりましたか？」

智子の確認に、一年坊主は「はーい」「はーい」と元気な声をあげる。

お土産《みやげ》係の璃久もひと際元気に返事をしている。

お土産は、シャール直伝のお米パン。

家庭科室にシャールを招き、皆で「どりゃ、どりゃ」と捏ね上げた。ＴＰＯを弁《わきま》え、サマーニットの帽子をかぶり、デニムシャツにジーパン姿で現れた御厨清澄のハンサムぶりは相変わらず健在で、家庭科教師や智子たち若い女性教師の評判も頗《すこぶ》る良好だった。

〝本当に柳田先生の同級生なんですかぁ〟〝すてきですねぇ、お若いわぁ〟

黄色い声をあげてはしゃぐ智子たちを後目《しりめ》に、「そいつの正体はおかまだ、残念！」と、柳田は胸で三回繰り返した。

カレーだけではなく、ミートソースやマッシュポテト、カスタードクリームや小豆餡を詰めたものもたくさん焼き上げた。

新幹線を降り、マイクロバスに乗り換え、野を越え山を越え、ようやく辿り着いた仮設住宅で、久々に顔を合わせた璃久と祐太は互いに「おー！」と叫ぶなり、いきなり子犬のようにじゃれ合い始めた。

その様子に、柳田を始め、智子も高藤も満足げな笑みを浮かべる。

普段の学校ではなかなかお目にかかれない若い教師たちの充実した表情を眺めるうちに、ふと、教頭試験を受けてみようかという思いが柳田の脳裏をかすめた。

意外に自分は、智子たちのような若い教員を指導することに向いているのかもしれない。

なにせ俺は――。

やるときにはやる男なのだ。

いつも不機嫌《ふきげん》に垂れ下がっている口元に、ふっと微かな笑みが浮かぶ。

なんだかんだで、今でも俺は、あいつの口車に乗せられているのかもしれない。

一瞬。じゃれ合っている二人の一年坊主に、メタボの中年オヤジと化した自分と、蛾《が》のような妖《あや》しいナイトドレスを纏ったシャールの姿が重なった。

見かけがどれだけ変わっても、本質的なところは、今も昔もあまり変わっていないのかもしれない。

それは、今の子供も、昔の子供もだ。

今の子供が殊更《ことさら》弱いわけではない。子供はいつの時代だって傷つきやすいし、色々なことを簡単に間違える。

そして多分それは、年を食ったところでたいして変わらない。

仮設住宅に元気いっぱい歓声を響かせている生徒たちの姿を眺め、柳田は腕を組む。

少年どもよ、勇気を抱け。

本当の大人への道程は、お前らが思っているより、遥かに長い。

第三話

世界で一番女王なサラダ

またしても、同じ場所に戻ってきてしまった。

駅前の商店街を、もう小一時間近くうろついている。

安武《やすたけ》さくらは、額《ひたい》に滲《にじ》む汗《あせ》をぬぐった。

きてみればなんとかなるだろうと思っていた自分が甘かった。見れば見るほどなんの変哲《へんてつ》もない商店街だ。大きな予備校《よびこう》がある以外は、とりたてて個性的な店があるわけでもない。どこにでもあるファストフード店とコンビニの標識《ひょうしき》ばかりが眼に入る。

こんな商店街の一体どこに、〝秘密《ひみつ》の夜食カフェ〟があるというのだろう。

夜な夜な常連《じょうれん》たちが集まる、ネットにも情報のない深夜営業の夜食カフェ。

この情報を手に入れたとき、これこそ今回発注を受けている〝隠れ家カフェ〟特集の目玉になると確信したのだが。

それにしても――。今年の残暑《ざんしょ》は尋常《じんじょう》ではない。

さくらは西日が溢《あふ》れる九月の空を見上げた。

そろそろ秋ものを着たいと気持ちの上では思うのだが、リサーチで歩き回ることを考えると、そうもいかない。下請《したう》けライターにタクシーを使う余裕《よゆう》などあるはずもなく、もっぱら自分の脚《あし》ばかりが頼りになる。

今も胸元《むなもと》や背中は汗でぐっしょりだ。結局量販店で買い込んだ、速乾性《そっかんせい》のあるシャツばかりを愛用するようになる。

ふとさくらは、足元に蝉《せみ》の死骸《しがい》が転がっていることに気がついた。か細い脚をぎゅっと縮《ちぢ》め、これ以上ない程からからに干《ひ》からびている。

今年の夏も、もう終わりだな。

ふいに寂《さび》しさが込み上げる。二十七回目の夏も、特別なことはなにも起こらなかった。お盆《ぼん》進行で駆《か》けずり回った割にはお盆が暇《ひま》になることもなく、いつもと変わらぬ慌《あわ》ただしさの中に七月も八月も消えていった。

この蝉は、ひと夏を充分《じゅうぶん》に謳歌《おうか》したのだろうか……。

感傷的な思いで見つめていると、やってきた自転車にはね飛ばされ、蝉の死骸はアスファルトの上をすっ飛んでいってしまった。

晩夏《ばんか》の哀愁《あいしゅう》までが踏《ふ》みにじられた気がして、さくらは去っていく自転車を睨《にら》みつける。だがママチャリに乗ったひ弱そうな男ははねた蝉にも気づかず、何食わぬ表情で遠ざかっていった。

いつの間にか、西日が夕日に変わり始めている。暑さは変わらなくても、日の長さだけは確実に短くなっている。

気づくとさくらは、商店街の外れにまで辿《たど》りついてしまっていた。

この先は、古そうな一軒家《いっけんや》やアパートばかりだ。路地裏には空調の室外機やポリバケツが並び、とてもお店がある雰囲気《ふんいき》ではない。

さくらは携帯《スマホ》で時刻《じこく》を確認すると、息をついた。他にも処理しなければならない案件が山ほどある。これ以上、ここで時間を無駄にするわけにはいかない。

私鉄と地下鉄を乗り継ぎ、さくらは新橋《しんばし》に戻ってきた。夕刻のニュー新橋ビル前の広場は、オヤジでごった返している。ここが鍋《なべ》なら、あっという間にオヤジの佃煮《つくだに》が完成する。

誰《だれ》が食べるんだ、そんなもの……。

自分の思いつきに呆《あき》れながら、さくらは消費者金融と競馬《けいば》新聞と煙草《たばこ》という、ある意味コンセプトの統一された広告看板《かんばん》をがちゃがちゃとつけた雑居ビルの中に入っていった。

エレベーターを九階で降《お》りて事務所に入れば、定時をとっくに過ぎているのに、ほとんどの同僚《どうりょう》たちが資料に埋もれてパソコンに向かっている。

元々フリーランスに近い形で働いているさくらたちに、定時の概念《がいねん》はない。

「どうした、安武。見つかったのかよ、幻の夜食カフェ」

うず高く積まれた資料の向こうから、若白髪《わかしらが》の編集長が声をかけてきた。週に三日は事務所に寝泊まりしている編集長のデスク一帯《いったい》は、〝腐海《ふかい》〟と恐れられている。

「情報不足でした。仕切り直します」

「仕切り直しもいいけどさー」

団扇《うちわ》でばたばたと顔をあおぎながら、編集長は眉《まゆ》を寄せた。

「あんまり見つからないようだったら、さっさと諦《あきら》めて代替え案出せよ。締《し》め切《き》りは待ってくれないんだからさ。いい？　俺たちはね、仕事まわしてなんぼなのよ。こだわったところでしょうがないんだからさ」

ひとしきりぼやき、編集長は腐海の奥《おく》へと戻っていった。

編集長に限らず、周囲からはばたばたと団扇を使う音が絶えない。九月に入ってから、十九時を過ぎると、ビルの管理人は容赦《ようしゃ》なくエアコンの電源を落としてしまう。

残暑の時期の残業は地獄《じごく》だ。向かいの同僚は、ランニング一丁《いっちょう》でパソコンに向かっている。

さくらはデスクにつき、自分のパソコンを立ち上げた。

アウトルックを開き、溜《た》まっている未読《みどく》メールをチェックしていく。最近のクライアントは、用件をまとめず、平気で社内メールをCCで送って寄こす。

文字通り〝丸投げ〟だ。

どこからが発注なのかを、文意から読み取らなければいけないのは、結構な手間だった。おまけにどうでもいい案件にまで、重要のフラグを立ててくる。

猛烈《もうれつ》な空腹《くうふく》に襲《おそ》われ、さくらは一旦《いったん》マウスから手を放し、帰社途中で買ってきたビニール袋に手をやった。

コンビニのおにぎりも、毎晩のように食べ続けていると、結局、梅《うめ》と昆布《こんぶ》といった定番にいきつく。味の問題ではなく、食べやすさの問題だ。

ディスプレイを見つめたまま昆布のおにぎりを機械的に咀嚼《そしゃく》していると、クライアントたちからのメールにまじり、母校である専門学校からのメールがきていることに気づく。

ＰＤＦを開いた途端《とたん》、そこに、笑みを浮《う》かべる自分の写真が立ち現れ、さくらは咀嚼途中のおにぎりを無理やり呑《の》み込んだ。思わず周囲を見回したが、自分の業務で手いっぱいの同僚たちに、隣のデスクのパソコンを覗《のぞ》き込んでいる余裕はないようだった。

写真の真上に、「ようこそ先輩《せんぱい》」というタイトルが躍《おど》っている。

やっぱり広報誌の取材なんて受けるべきではなかったと、さくらは小さく後悔《こうかい》する。

学校の教務課に残った元後輩に頼み込まれ、断り切れなかったのだ。

渋谷の一等地にある硝子《ガラス》張《ば》りの高層校舎。さくらが卒業したマスコミ系専門学校は、ネットなどで〝ワナビービル〟と陰口《かげぐち》を叩《たた》かれている。

ワナビーとは、英語の want to be からきている。何者かになりたいと憧《あこが》れる若者たちを、なれっこないという嘲笑《ちょうしょう》を込めて揶揄《やゆ》する俗語《スラング》だ。

「ようこそ先輩」の記事によれば、メディア課を卒業したさくらは、望み通り、ライターとして大活躍していることになっている。

記事の内容を眼で追ううち、自然と溜《た》め息《いき》が漏《も》れた。

確かに自分はライターになった。

足元にうず高く積まれている雑誌を開けば、そこかしこに自分が書いた記事が載《の》っている。けれど、そこにさくらの名前のクレジットはひとつもない。

雑誌の最後のエディターページにまとめてクレジットされているのは、さくらのクライアントでもある、大手出版社の編集者たちだけだ。

就職《しゅうしょく》活動を始めてすぐに気づいた。そもそも専門学校卒という時点で、大手出版社への就職の道は、完全に閉ざされている。誰がなんといおうと、学歴社会は根強い。事実、大手出版社で新卒採用されているのは、一流大学の出身者ばかりだ。

こうした現実を、さくらは今では身に染《し》みて知っていた。

それなのに――。

広報担当《たんとう》の後輩に押し切られ、かつての自分のような純朴なワナビーたちを惑《まど》わし、やたらに高い学費《おふせ》を搾《しぼ》り取る片棒《かたぼう》を、担《かつ》がされることになってしまった。

ライター。その肩書《かたがき》に偽《いつわ》りはない。

但《ただ》しさくらは、下請け編集プロダクションに所属している、期間契約《けいやく》のライターだ。十九時を過ぎると空調をとめられる、ゴキブリもネズミも出放題の雑居ビルで、消費者金融の広告看板が取りつけられた、なにも見えない窓を背に、深夜までクライアントの要望に振り回されるライターだ。

〝仕事はきついですが、自分の書いた記事が活字となることに、遣《や》り甲斐《がい》を感じています〟

爽《さわ》やかな笑顔の下に、もっともらしい台詞《せりふ》が載っている。

本当に自分がそう言ったのか、或《あ》いは後輩が広報用に書き直したのかは定かでない。

〝まわしてなんぼ、こだわったところでしょうがない〟

先の編集長のぼやきが甦《よみがえ》り、さくらは梅のおにぎりに伸ばしかけた手をとめた。

嘘《うそ》つき……。

己《おのれ》の笑顔をかき消すように、さくらは素早くファイルを閉じた。

翌日、さくらは老舗《しにせ》大手出版社の受付ロビーの片隅《かたすみ》で、クライアントの編集者を待っていた。

ロビーの中央には、地下鉄の改札口《かいさつぐち》のようなゲートがあり、その両端《りょうはじ》に守衛《しゅえい》が立っている。先程から、お洒落《しゃれ》な服装の男女が、社員ＩＤをゲートの端末にタッチし、颯爽《さっそう》と奥のエレベーターホールへ消えていく。

さくらは腕時計《うでどけい》に視線を走らせた。内線で「すぐにいきます」と伝えられてから、既《すで》に十五分が過ぎている。そもそもこの編集者は、約束の時間通りに現れたためしがない。

それでも炎天下《えんてんか》を歩き回っているよりは遥《はる》かにましだと、さくらはクーラーの効いたロビーで息をついた。

「ごめんなさい、お待たせして」

華《はな》やかな声が響《ひび》く。

今回のクライアント、助川由紀子《すけがわゆきこ》が肩に纏《まと》ったショールを蝶《ちょう》の羽のようにひらひらさせながら近づいてきていた。毎回開口一番、「ごめんなさい」と口にはするが、その実彼女がなにひとつ悪いと思っていないことくらい、さくらはちゃんと知っている。

「いえ、こちらこそすみません。お忙しいのに」

さくらが頭を下げると、由紀子はすぐに向かいのソファに腰を下ろした。

「時間もないし、ここでいい？」

有無を言わさぬ口調で尋《たず》ねられ、さくらは「はい」と頷《うなず》く。

この出版社の最上階には大きなカフェテリアがあり、そこからは近くの小石川後楽園《こいしかわこうらくえん》が見渡《みわた》せるのだと聞く。だが、由紀子から発注を受けて以来、さくらはまだ一度も中央のゲートを通らせてもらったことがない。

自分がその程度の相手だと見做《みな》されていることくらい、とっくに知っている。そのことに、由紀子がなんの悪気も抱いていないことも。下請けプロダクションの契約ライターなんて、彼女たちにとって、名前を覚える価値すらない存在だ。

無意識の侮《あなど》りは、意識的なものよりたちが悪いし、根深い。

だが、こんなところでめげるわけにはいかない。さくらにとって、由紀子は初めてといっていい上客なのだ。

きらびやかな大判女性ファッション誌からの発注など、滅多《めった》にあるものじゃない。

男性向け情報誌やフリーペーパーの記事ばかりを書かされていたさくらは、編集長からこの話を振られたとき、舞い上がりそうになった。

もちろん、そこに自分の名前がクレジットされることがないと分かってはいてもだ。

A４サイズの入る大きなバッグからファイルを取り出し、さくらはそれを自分の膝《ひざ》の上に広げて経過報告を始めた。

由紀子は細い眉を幾分《いくぶん》ひそめ、身体を斜《なな》めにして報告を聞いている。

染《そ》め過ぎで不自然な黒い髪。たるみきった二重顎《あご》。結婚指輪の食い込んだ太い指。

確かひとり息子《むすこ》がいるのだと言っていた。

きっと自分では〝美魔女《びまじょ》〟のつもりなのだろうけれど、五十近いらしい年齢《ねんれい》は、完璧《かんぺき》に施《ほどこ》された化粧の下から意地悪いほど滲み出る。

けれど軽やかな絹《きぬ》のショールや、磨《みが》き抜かれたピンヒールは、残暑の中、重たい荷物を持って汗だくになりながら、アスファルトの上を延々歩き続けなければならないさくらには、到底縁《えん》のない代物だ。

それは、クーラーの効いた事務所で一日をすごし、鏡《かがみ》のような廊下《ろうか》を歩くだけでいい職場を、由紀子が勝ち取っていることを物語る。

母で妻《つま》でキャリア。なにもかもがそろった人。

もっとも比べたところで仕方がない。

バブル世代と呼ばれるこの人たちと自分たちのスタート地点は、同じ日本とは思えないくらいに違うのだ。

「うーん……、どうかなぁ……」

さくらがひと通りの説明を終えると、由紀子は細い眉を益々《ますます》ひそめてみせた。

「これじゃあ、既にどこかで紹介《しょうかい》されたことのあるお店ばかりで、あんまり〝隠れ家〟って感じしないよねぇ」

もっともだ――。さくらも内心そう思う。

今のところ取材の了承《りょうしょう》が取れているのは、一度はメディアに登場している店ばかりだった。

「今回の第二特集は、あくまで〝隠れ家カフェ〟なんだから、やっぱり今まで他の女性誌に一度も登場していないところを、読者に紹介していきたいんだよね」

由紀子の言葉を聞きながら、さくらは自分の足元を見つめた。

スラックスの裾《すそ》から覗くのは、機能性だけを重視した厚底のカジュアルシューズ。その爪先《つまさき》の部分が、少しすりむけてしまっている。

「もう少し、頑張ってもらえない？　安武さんは、新規開拓に定評があるって聞いたから、今回初めてお仕事をお願いしているわけだし」

由紀子が足を組み替えると、アスファルトの上を長時間歩くことを知らないピンヒールが、床すれすれに空を切った。

瞼《まぶた》をラメできらきらと光らせている由紀子のしかめつらを見返しながら、さくらは蝶々の前に立った蟻《あり》のような気分になる。

蟻は蟻でも、当然働き蟻だ。

どれだけ勤勉《きんべん》に働いても、見分けがつかず、いくらでも代わりがいるから、踏み潰されたところで誰も困《こま》らない。

「じゃあ、もうひと息、頑張ってね」

ショールをなびかせてゲートの向こうへ消えていく由紀子の後ろ姿を、さくらはしばらくの間、黙って見つめていた。

「お疲れ〜っ！」

　ジョッキを合わせると、さくらは冷えた生ビールをひと息に半分ほど飲み干した。駆け抜ける爽快《そうかい》な苦みと、喉《のど》ごしが堪《たま》らない。

「すごい、飲みっぷり。もしかして、さくら、溜まってる？」

「溜まりまくりよ〜」

「やっぱねー」

　その晩、新橋烏森口《からすもりぐち》の居酒屋で、さくらは高校時代からの旧友、芳本璃奈《よしもとりな》と久しぶりに会っていた。

「ごめんね、璃奈。新橋なんてオヤジくさいとこに呼んじゃって」

　さすがに後半部分の声は潜《ひそ》めたが、安さで勝負の居酒屋は、圧倒されるほどのオヤジたちで埋め尽くされていた。さくらや璃奈のような若い女性は、見渡す限りひとりもいない。

「いいよ、いいよ。汐留《しおどめ》や銀座《ぎんざ》じゃ、お財布《さいふ》がもたないし」

「それもそうだね」

　それでも璃奈は汐留勤めなのだと、さくらは枝豆《えだまめ》を囓《かじ》りながら考える。

　エリアとしては至近《しきん》なのに、汐留と新橋は別天地だ。

　現在璃奈は、汐留にそびえ立つ大手広告代理店で、契約社員として働いている。誰もが憧れる超高層オフィスビルでの勤務だが、毎年更新が試《ため》される契約に不安を感じているという。

「でもさ、そうはいってても璃奈は毎日、ぴかぴかに磨かれた窓から、東京湾《とうきょうわん》や浜離宮《はまりきゅう》を見下ろして仕事してるわけでしょ？」

編集部のある雑居ビルは、広告看板で窓を塞《ふさ》がれ、景色《けしき》のひとつも見えやしない。ゲートの向こうに消えていった由紀子の恰幅《かっぷく》のよい後ろ姿を思い出し、さくらの声がいくらか僻《ひが》みを帯《お》びた。

「確かにそういった意味での労働環境は、悪くないと思うんだけどね……」

その点は素直に認めた上で、璃奈は表情を曇《くも》らせた。

「その分、生存競争みたいのが、契約の間でもすごいの」

派遣《はけん》社員を経て、璃奈が今の広告代理店で働き始めて既に三年がたつ。

一応、正社員登用試験もあるのだが、古株《ふるかぶ》の女性契約社員が三年連続で失敗してから、同じチームの契約社員の間には、彼女を差し置いて試験を受けないという、不文律《ふぶんりつ》のようなものができてしまっているという。

「うちのチームの契約って全員女だから、そういうところ、本当に面倒くさくって」

毎日必ず一緒にランチにいき、抜け駆けを牽制《けんせい》し合う。

しかもその場を牛耳《ぎゅうじ》る古株契約社員が、会社の中枢のグループ長と不倫《ふりん》中と聞いて、さくらは「うえええ」と呻《うめ》いた。

「なにそれ、虎《とら》の威《い》を借《か》る狐《きつね》もいいとこじゃん」

「でも彼女に限らず、他の人も大抵そんな感じだよ。役職つきでも縁故《えんこ》とか、某《ぼう》役員のお声がかりとか、そんなのばっかりだもの。大きい会社って、仕事ができる人より、コネがあったり、立ち回りがうまかったりする人が残るんだって、つくづく思うようになっちゃった。今は率先して新しいことをする上司《じょうし》もいないから、仕事もルーティンでたいして面白くないし……」

ときどき自分が、砂上《さじょう》の楼閣《ろうかく》にでも住んでいるような気がすると、璃奈は言う。

ルーティンの仕事は実績にならないし、同じ職場に居続けられる保証《ほしょう》もない。だからといって、抜け駆けして正社員試験を受ける勇気もない。

「そんなことして、試験に失敗したら、それこそ針《はり》の筵《むしろ》だし」

ひと息にジョッキをあおると、璃奈は肩で息をつく。

「そのくせ私も、あそこから離れるのは怖いんだよ」

だから、正社員になれない代わりに、グループ長の愛人の座に胡坐《あぐら》をかいている彼女を笑えないのだと、璃奈は枝豆の殻《から》を指先でもてあそんだ。

一度見栄《みば》えのする服を着てしまうと、たとえそれが借り物であっても、量販店のシャツには戻れないということなのだろうか。

「でもさ、璃奈は今、結婚《けっこん》考えているんでしょ？」

熱心な婚活が実を結び、現在璃奈は印刷会社勤めの営業マンと結婚前提でつき合っている。

「そうは言ってもね、結局共働きは避けられそうにないもの。よくよく聞いたら、彼の会社、町工場に毛が生えたようなものらしいし。理想と現実は全然違うよ」

グロスのはげかけた璃奈の唇《くちびる》から、大きな溜め息が漏れた。

〝溜まっている〟のは、璃奈もまた同様のようだった。

昔から優等生で、横浜《よこはま》のお嬢様《じょうさま》学校として知られる名門女子大を卒業した璃奈でさえ、新卒で正社員になれなかったと聞いたとき、さくらは時代の世知辛《せちがら》さを痛感した。平成元年生まれ。ゆとり、などと呼ばれることもあるが、さくら自身がそんなことを感じたことは一度もない。

物心ついたときから、日本はずっと不景気だった。

さくらが小学校に上がる頃、終身雇用制は既に幻《まぼろし》と化していた。父はリストラに怯《おび》え、一旦は寿《ことぶき》退社していた母が、再びパートに出るようになった。

失われた二十年――。それが、さくらたちの生きてきた大半の年月を総括《そうかつ》する呼称だ。それまで培《つちか》ってきたあらゆるものが、次々に失われていった時代。飽和《ほうわ》状態になったものが溢れ出て、後に巨大な器《うつわ》だけが残された。

要するに、自分たちは空っぽの世代なのだ。

繁栄《はんえい》の後の衰退《すいたい》に、確かなものはひとつもない。実家に財産《ざいさん》なく、正規の就職先なく、職場に高収入なく、自分同様に安月給の男には甲斐性《かいしょう》もなく、将来の安定の保証などどこにもない。

誰もがそれなりに裕福だったバブル以前の時代を、自分たちは知らない。

「まだ城之崎《きのさき》チーフがいてくれたときは、仕事も面白かったんだけどさ」

璃奈の口からその名前が出たことで、さくらははたと我《われ》に返った。

「そう、そう。城之崎さんと、連絡《れんらく》取れた？」

思わずテーブルの上に身を乗り出す。

「取れはしたけどね」

璃奈はやんわりと首をふり、取り分けた雑魚《じゃこ》サラダをさくらの前に置いた。

「やっぱり、前回以上の情報は教えられないって」

「そっか――……」

さくらは肩を落とす。

城之崎塔子《とうこ》――。かつての璃奈の上司。現場の仕事を下請けに丸投げすることの多い大手企業内で、唯一《ゆいいつ》、企画《きかく》の立案から独自《どくじ》に手がける叩き上げのプランナーだったという。

今年の五月に会社を早期退職し、今は上海《シャンハイ》の沿岸部《えんがんぶ》「智能都市《スマートシティ》」で、コンサルティングの仕事をしている。

〝見てよ、これ。こういうのを、人材の流出って言うんだよ〟

前回、璃奈と会ったとき、女性向けビジネス誌のインタビューページを見せられた。

〝早期退職で自分から辞《や》められる人って、結局、自分で仕事ができる人なんだよ。今、うちのチームの上司、なんにもしないオッサンばっかりになっちゃってさー〟

璃奈の嘆《なげ》きをよそに、さくらはインタビューに応じている女性の凜《りん》とした眼差《まなざ》しに眼を奪われた。上海の夜景を背景に、城之崎塔子は生き生きとした笑みを浮かべていた。

その年代にありがちな濃《こ》い化粧はしておらず、さっぱりとした印象の人だった。蝶々の華やかさの代わりに、空を切るトンボの潔《いさぎよ》さが見てとれた。

隠れ家カフェのリサーチと記事の発注を受けたとき、城之崎塔子のインタビュー記事のことを、さくらは真っ先に思い出した。

そこには、転機の勇気を与えてくれた、ある〝店〟の記述があったのだ。

夜な夜な常連たちが集まる、ネットにも情報のない、深夜営業の夜食カフェ。

そのカフェでは、二十三時以降に食べても胃《い》にもたれない身体《からだ》に優しい料理と、心身ともにリラックスできる食後のお茶が供されるという。

「あの記事のことを思い出したとき、これは間違いなく、今回の特集の目玉になるって思ったんだけどなぁ」

取り分けてもらった雑魚サラダを箸《はし》でかきまぜながら、さくらは低い天井を仰《あお》いだ。

初めから取材と明かすと敬遠されると思ったので、とにかく一度いってみたいので場所を教えてもらえないかと、璃奈を通じて打診《だしん》してもらったのだ。

ところが本物の〝隠れ家〟は、思った以上にハードルが高かった。

塔子からの返答曰《いわ》く。常連が集うカフェなので、マスターに相談したところ、教えられるのは商店街の名前とその路地裏という情報のみ。それで辿りつければ縁がある。辿りつけなければ、縁がなかったと諦めてほしいという、なかなか厳《きび》しい条件だった。

もうひと声と、再打診してもらったものの、前回以上の情報は引きだせなかったらしい。

「でもね……」

上の空で雑魚サラダを咀嚼していると、璃奈が思わせぶりな笑みを浮かべた。

「追伸に、おまけのひと言が書いてあった」

「なに、なに。なに、それ」

「感謝してよね。これも私がかつて、優秀な部下だった証拠よ」

璃奈が鼻を膨《ふく》らませてジョッキをあおる。

「分かった、ここは私がおごっちゃう」

ビールを飲み干した璃奈のために、さくらはすかさずお代わりを注文した。


太平洋高気圧が未《いま》だに張り出している影響《えいきょう》で、翌週もすさまじい残暑となった。

九月の最終週だというのに、真夏並みの日差しと蒸《む》し方だった。

歩いているだけで、肌《はだ》が痛い。身体が解《と》け始めているのではないかと錯覚《さっかく》を覚えるほどだ。

今度こそ——。

しかし、商店街をいくさくらの気概は、猛暑にも勝るものだった。

携帯のマップを片手に、片っ端から商店街の路地裏を回っていく。少し大通りから中に入ると、商店街はあっという間に木造《もくぞう》の平屋やアパートの立ち並ぶ住宅地に様変わりする。

散々歩き回った末、結局、前回と同じ商店街の外れにまできてしまった。

再度見まわしてみても、到底この先にお店があるようには思えない。

でも、ここで諦めたら、前回と同じだ。

ふと、人ひとり通るのがやっとという細い路地が眼にとまる。

さくらは思いきって、ポリバケツや室外機の並ぶ路地に足を踏み入れた。

途中からアスファルトが砂利道《じゃりみち》に変わる。室外機から噴き出す熱風にあおられ、眩暈《めまい》を起こしそうだ。

やっぱり無理――。こんなところに、お店なんてあるわけない。

音をあげかけたそのとき、ふいに足元をしなやかな黒っぽいものがすり抜けていった。

キジトラの猫《ねこ》だ。軽やかな足取りで先をいく猫は、ほんの一瞬《いっしゅん》だけさくらの顔をちらりと振り返った。眼が合った瞬間、フンとでも言いたげに前を向き、あっという間に駆けていく。

誘《さそ》われるように、さくらは路地を進んだ。細い路地は意外にも奥が深い。

やがてその先に緑が見えてきた。

路地の先に、小さな中庭を持つ一軒家が佇《たたず》んでいる。中庭の真ん中で、丸い緑の葉を茂《しげ》らせているのがハナミズキであることに気づき、さくらは掌《てのひら》を打ちそうになった。

〝目印は、中庭にあるハナミズキ〟

それが、城之崎塔子が追伸で知らせてくれた、おまけの情報だったのだ。

しかし、近づくにつれ、さくらは首をひねった。

一軒家は確かに店のようだ。だがどう見ても、飲食店には思えない。

孔雀《くじゃく》の羽根《はね》のついた、光沢のある緑色のドレス。鱗《うろこ》のようなスパンコールのびっしりついたブラウス。雷《かみなり》が落ちそうな、ぴかぴか光るスワロフスキーの縫《ぬ》い込まれたショール。ど派手な服や、竹馬のようなハイヒールが所狭《ところせま》しと並べられている。

こんな服、一体誰が買うんだろう……。

純粋な興味《きょうみ》で眺《なが》めていると、ハナミズキの枝に看板がかけられているのが眼に入った。

〝ダンスファッション専門店　シャール〟

成程。ダンスか。

それなら少しは理解ができると、さくらは合点した。しかしそうなると、やはりここは、飲食店ではないということになる。

商店街、路地裏、ハナミズキ。条件はそろっているのだが。

とりあえず店の人に話を聞こうと、中庭を囲《かこ》う門に近づきかけた矢先――。

突然玄関の扉《とびら》が開き、スーツ姿の男が押し出されてきて、さくらは仰天《ぎょうてん》した。

「おとといきやがれ、このどぐされ不動産屋っ！」

男を蹴《け》り出している人物の姿が眼に入ったとき、さくらは完全に言葉を失った。

真《ま》っ赤《か》なウイッグをかぶったおかまが、仁王立《におうだ》ちして野太いどら声を張りあげている。

「ああん？」

茫然《ぼうぜん》としていると、おかまの視線がこちらに向けられた。

「なんだ、てめえは！」

すかさず大声で怒鳴《どな》られ、さくらは恐怖のあまり棒立《ぼうだ》ちになる。

「お前も、不動産屋の連れか！　毎回毎回、おんなじこと言いにきやがって」

真っ赤な髪のおかまの怒声に呼応して、店の奥からわらわらと色とりどりのウイッグをかぶったおかまたちが現れた。

「あら、今度は女よ」「女がきたって男がきたっておんなじことよ」「本当よね」

「しつこすぎるわ」「営業妨害よ」「悪霊《あくりょう》よ」「悪霊退散！　悪霊退散！」

迫《せま》ってくるおかまたちに押され、さくらはわけも分からぬうちにほうほうのていでその場を逃げ出した。

妙な行きがかりで、さくらは店を追い出されてきたスーツ姿の男と駅まで一緒に戻ることになってしまった。

「まったく、あそこのおかまどもにも困ったもんだよ」

先を歩いている男が、吐き捨てるように言いながら、額の汗をぬぐう。

年齢は三十代前半くらいに見えるが、不動産業界は景気がいいのか、随分《ずいぶん》高そうなスーツを着込んでいる。

「あの……、あそこにカフェがあるって話、聞いたことありませんか？」

何度も店を訪《たず》ねているらしい男に、さくらは一応問いかけてみた。

「はあ？　カフェだぁ？」

途端に男が眉を寄せる。

「そんな話は聞いたことがねえな。俺は何度もここにきてるけど、あそこはおかま専門の洋服屋だぞ」

苛々《いらいら》しているのか酷《ひど》くぞんざいな口ぶりだった。男の巻き添えを食ってさくらまでが追い出されたことについても、なんら呵責《かしゃく》を覚えている様子がない。

さくらは少しむっとしたが、言い返すのはやめておいた。

先のおかまも相当柄《そうとうがら》が悪かったが、この男も妙に眼光が鋭《するど》い。

スーツの袖口《そでぐち》からロレックスの腕時計がのぞいていることに気づき、さくらはさりげなく男から距離をとった。年齢に不釣り合いな高級なものを身につけている野蛮《やばん》そうな男には、あまり近づかないほうがいい。

失敗続きの合コンを通し、そういう勘《かん》だけは一応鍛《きた》えられていた。

それにしても、おかま専門のファッション店だったとは。

それならあの巨大なハイヒールや、奇抜《きばつ》なドレスの数々にも納得がいく。

さくらは小さく溜め息をついた。

ヒントのハナミズキを見つけたときはビンゴだと思ったのに。

どうやらあそこは目当ての店ではなかったらしい。

残念だけれど——。

やはり縁がなかったのかと、さくらは肩を落とした。


その晩、さくらは編集部に戻らず、珍《めずら》しく直帰《ちょっき》した。

三日連続の深夜残業に、さすがに身体が悲鳴をあげている。

生理《せいり》が近いせいか、朝起きると顎に大きなニキビができていた。恐らくホルモンバランスが崩《くず》れているのだろう。赤く腫《は》れて熱を持ったニキビは触ると痛いし、なにより鏡を覗くたびに心を暗くした。女性にとって肌の調子は、心の調子を映《うつ》す鏡でもある。

途中スーパーに寄ろうとも思ったが、駅向こうまで歩くのが億劫《おっくう》で、結局近場のコンビニでのり弁《べん》と発泡酒《はっぽうしゅ》とスナック菓子《がし》を買った。

ひとり暮らしのアパートでテレビを見ながらのり弁を食べ、三日ぶりにユニットバスにお湯を張る。狭いバスタブでも、お湯に浸《つ》かれば、シャワーで済ませるよりも疲れは取れる。

縮こまってお湯に浸かりながら、カビの生えた浴室の天井を眺めていると、さくらは実家のステンレス製の風呂が懐《なつ》かしくなった。

特急に乗れば一時間足らずで帰れる距離なのに、正月以来、さくらは一度も実家に戻っていない。

もっとも、家に帰っても疲れ切っていてなにもしないさくらのことを、母はたいして歓迎《かんげい》しない。

これが静岡の工場で働いている弟の帰還《きかん》なら、下にも置かない大歓迎を受けるのに、長女なんてつまらないものだと、さくらはニキビで腫れた顎をお湯に沈《しず》めて眼を閉じる。

さくらがマスコミ系の専門学校に入ったときから、両親は自分を勝手な娘《むすめ》だと思っているようだった。

弟と同様に働いているのに、いくら頑張っても〝好き勝手にやっている〟としか考えてもらえない節がある。

もっと大事なことがあるんじゃないの――?

不機嫌《ふきげん》な顔つきの母から、直接そう告げられたこともある。

深く考えると不愉快《ふゆかい》になるので、さくらはあまり実家のことを考えないようにしていた。

風呂上がりに冷えた発泡酒のプルタブを引くと、ほんの少し気分が晴れた。

喉を鳴らして発泡酒を飲み、つまみにスナック菓子を口にする。太ると分かっていてもやめられない。

テレビを見ながら足の爪を切っていると、テーブルに載せた携帯が震えた。発信元を確認すれば、璃奈からだった。

「さくら？　今、話しても大丈夫？」

「大丈夫だよ。今日はもう家にいるから」

時刻を確認すると、二十三時を少し過ぎたところだった。テレビの音量を落とし、さくらは部屋の中で一番電波状態がいいベランダの傍《そば》に移動する。

「ちょっと聞いてよ、今日、琢磨《たくま》がね……」

最初は遠慮がちだった璃奈だが、さくらが家にいると知るや、堰《せき》を切ったように話し始めた。

恋人との結婚が具体化してきていることは、先週の飲み会の席でも聞いていた。

だが話が仔細《しさい》に及ぶにつれ、璃奈は恋人に対する不満を隠しきれなくなっているようだった。

「彼ね、結婚したら今の職場は辞めてくれって言い出したんだよ」

「寿退社ってこと？」

元々それが璃奈の望みではなかったのか。

「それが違うんだよ」

璃奈は悲鳴のような声をあげた。

「仕事は続けろって言うの。それも、今よりもっと〝控《ひか》えめな〟ところで」

「なに、それ」

「ね？　わけ分かんないでしょ」

下町の印刷会社に勤める恋人は、妻となる女が沿岸の高層オフィスビルで働いているのは嫌だと訴《うった》えるのだという。

「家族の手前、それはまずいんだって」

「一体どういう手前だよ」

聞いているうちに、さくらも胸の内がむかむかしてきた。一気に発泡酒が不味《まず》くなる。

「ね？　酷い話でしょ。それでいて、結婚してからも働き続けろって言うんだよ。なんか、私だけ一方的に損《そん》じゃない。ただでさえ、仕事は同じで家事は二倍になるのに、なんで転職までしなきゃいけないの？」

「そんなの、言いなりになる必要ないって」

「でもさ、私、今の職場だと期間契約だから、出産休暇《きゅうか》とか育児休暇とか取れないのね。この間、彼のお母さんに呼び出されて、その辺をこんこんと説教されちゃって。今は制度が整ってるんだから、それを利用できる職場を探せって凄《すご》いの」

聞けば聞くほど、嫌な気分になる。

女性の輝《かがや》く社会。安心して子育てのできる環境。女性の活躍、女性の躍進《やくしん》、云々《うんぬん》。

様々な言葉でどれだけ表面を飾りたててみせたところで、二十一世紀の今も、社会の本音は遠い昔からさして変わってはいない。

働け、産め、出しゃばるな――。

現実に直面すればするほど、露骨《ろこつ》な本音が見えてくる。

しかもそれを頑強に根回ししているのが、母親たちであることが多いのだから恐れ入る。自分の娘には比較的寛容《ひかくてきかんよう》な母親たちも、息子の利権を守るためなら嫁《よめ》を犠牲《ぎせい》にすることを厭《いと》わない。元来保守的な世間を味方に正論を振るうとき、その嫁もまた、誰かの娘であるという想像がすっぽりと抜け落ちる。

自分の娘にすら〝もっと大事なことがある〟と不機嫌そうに告げてきた母の顔が浮かび、さくらは胸が塞いだ。

「家事なら、うちの琢磨にも手伝ってもらえばいいじゃないだって」

料理も掃除《そうじ》もそれなりに仕込んであると、ご母堂はのたまったという。

私のときよりは随分楽なはずよと、凄むように畳《たた》みかけてきたそうだ。

「家事を〝手伝い〟だって思われてる時点で、私には終わってるとしか思えないよ。しかもうちの琢磨だよ」

璃奈の声が悲愴《ひそう》に歪《ゆが》む。

己のしてきた苦労を次の世代が免れることを、元より女は潔しとしない。それは、弟と自分に対する母親の態度の差異を見るにつけ、さくらもたびたび感じている。

実の母ですらそうなのだ。

義母となる人の眼差しの厳しさは、想像にたやすかった。

未だに実家暮らしで、ひとり娘として大切にされている璃奈にとって、早々に透《す》けて見えてきた嫁扱いは耐えがたいものに違いない。

けれどそうやって鬱憤《うっぷん》を吐きながら、璃奈が恋人との結婚を諦めるつもりがないことも、さくらは薄々悟《うすうすさと》っていた。

どんなに不寛容な社会でも、丸め込まれてしまえば、それ以上の蔑《さげす》みを受けずに済むという利点があるからだ。

昔から優等生だった璃奈に、世間からはみ出す用意はない。

だからこそ、さくらが好き勝手に働いている間に、璃奈は虎視眈々《こしたんたん》と婚活にいそしんできたのだろう。

「でもさ、さくらは本当に、そういうの全然ないの？」

証拠に、璃奈はやんわりとさくらにも探りを入れてきた。

「ないね、ないない」

発泡酒の缶をテーブルに置き、さくらは首を横に振る。

悩みを訴えられる以上に、探りを入れられることのほうが鬱陶《うっとう》しかった。

「本当に？　気になる人とかもいないの？」

「気に障《さわ》る男なら、いくらでもいるけど」

自棄《やけ》になって口にすると、携帯の向こうで笑い声があがった。

携帯越しに響いた甲高《かんだか》い響きに、無意識の優越感が滲んでいるのを感じてしまう。自分のほうがまだまし、そう思われているのかもしれなかった。

「でも、さくらは、ちゃんと自分の仕事してるって感じだもんね」

兆《きざ》した優越感を取り繕《つくろ》うように、璃奈が話題を変えてきた。

「で、夜食カフェのほうはどうなったの？　見つかった？　ハナミズキ」

危ういところで話題を切り替えるのは、璃奈の頭のよさでもあった。ここで優越感にしがみつかれたら、女の友情は成立しない。

「それがさ……」

一瞬感じた璃奈への不快感《ふかいかん》を脇《わき》にそらし、さくらも携帯を握りなおす。

「実はとんでもない目に遭ったのよ」

学生時代から、さくらは話術が巧みだった。

高校時代、自分の話で璃奈たち級友が大笑いすることで、さくら自身もおおいに満足を得ていた。今回も、件《くだん》の店を探すうちに、おかまの洋服店に行き当たったいきさつを、順序立てて面白おかしく話していく。

真っ赤なウイッグをかぶったおかまが仁王立ちで現れた段に達すると、璃奈がひきつけを起こしたように笑い出した。

「なにそれ、あり得ないよー」

今度の笑い方には、妙な衒《てら》いはなかった。さくらの話に引き込まれ、堪《こら》えきれずに横隔膜《おうかくまく》を震わせているのが素直に伝わってくる。

よくよく考えてみれば、真っ赤なウイッグをかぶったおかまに遭遇《そうぐう》するなんて、確かに滅多にあり得ない状況だ。いつしかさくらも一緒になって、涙《なみだ》が出るほど笑い転げた。

「あー、可笑《おか》しい……。でも笑ったら、なんだか元気が出たよ。ありがと、さくら」

通話口で最後に呟《つぶや》かれた璃奈の感謝の言葉には、実感がこもっていた。

話す前から璃奈の心は決まっていたし、話したところでなにかが好転するわけでも解決するわけでもないけれど、自分との電話で友達が元気になってくれたのならそれでいいと、さくらも幾分満足した心持ちで通話を終えた。

ぬるくなってしまった発泡酒をひと口飲んで、ベランダに出る。

昼間は真夏の延長のような猛暑が続いているが、夜になると気温が下がり、狭いベランダでも秋風を感じるようになった。みっしり立ち並ぶマンションの向こうに、レモンのような形の月が見え隠れする。

今より地味な職場で働いて、家事は二倍か——。

この先なにかと口出ししてきそうな母親といい、その母親の言いなりになっているらしい息子といい、自分ならそんな結婚はまっぴらごめんだと、さくらは狭い夜空に引っかかっている月を眺める。

なによりそんな家に入って、子供ができなかったりしたら大変だ。

腐海に棲《す》んでいる白髪鬼のような編集長ですら、酒に酔《よ》うと「子供を産んでいない女は一人前じゃない」とつまらない説教を垂《た》れ始めたりする。普段はリベラルを気取っている自称マスコミ人の化《ば》けの皮《かわ》なんて、芋焼酎《いもじょうちゅう》数杯であっさりとはがれてしまうものなのだ。

それでも璃奈は、そういう世間に属することをよしとするのだろう。

そもそも、見栄えのする職場で働いて、鮮《あざ》やかに結婚退職するなんていう発想自体、虫がよすぎると、さくらはいささか意地の悪い気持ちになる。

恐らく璃奈のほうもそれを自覚したうえで、愚痴《ぐち》を言っているだけなのだろう。世間からはみ出しつつあるさくらを前に、密《ひそ》かな自己肯定感《こうていかん》を得ている節だってある。

共感も牽制も、同情も蔑みも、表裏一体の感情だ。

こうやって女同士の友情は、綱渡りのように危うい箇所を何度も渡《わた》りながら、それでも比較的穏《おだ》やかに続いていくのだろうと、さくらは思う。

〝さくらは、ちゃんと自分の仕事してるって感じだもんね〟

取り繕うように告げられた言葉が甦り、さくらは唇を結んだ。

現実に立ちかえれば、おかま騒動も、笑い事では済まされない。

来週の打ち合わせで、またしてもろくな進展がないことが発覚すれば、クライアントの編集者からなにを言われるか分からない。

なにもかもをたっぷりと携《たずさ》えているように見える太った蝶々に、「がっかりね」と鼻であしられる痩《や》せた蟻の様子が眼に浮かぶ。

〝自分の書いた記事が活字となることに、遣り甲斐を感じています〟

「ようこそ先輩」での己の台詞に思い至り、さくらの胸がぎゅっと痛んだ。

ワナビービルに通っていたあの頃、自分は一体、どんな夢を抱えていたのだろう。

決して、地に足がついたものではなかったはずだ。

色々なところに旅行にいったり、美味《おい》しいものを食べたりして、それをリポートして本にできたりしたら最高――。そんな浅はかな展望だった。

元々、幼い頃に少し作文が得意だったくらいで、最近は忙しさにかまけて本も読んでいないし、たいした勉強もしていない。ワナビービルと揶揄される専門学校に通うことになったのも、文芸学科のある大学の受験に失敗したからだ。

愚痴を言いつつ結婚に向けて邁進《まいしん》している璃奈のほうが、よっぽど建設的だ。

職場ではまだ若いと言われる年齢でも、女という性に立ちかえれば、そうそう若いとばかりも言い切れない。

自分はこの先、一体どうしたいのだろう。璃奈のように、本気で結婚したいのか。それとも璃奈の元上司の城之崎塔子のように、本物のキャリアが欲しいのか。

その両方に、簡単に「無理」と言ってしまう自分がいる。

もっと大事なことがあるんじゃないの――？

母のいやみが耳朶《じだ》を打ち、さくらは悄然《しょうぜん》として叢雲《むらくも》に包まれた月を見つめた。

十月に入った途端、今までの残暑が嘘のような寒い日が続いた。

気温が一気に二十度近く下がり、梅雨《つゆ》時のように毎日雨ばかり降っている。

極端な気温差についていけず、さくらは体の中に澱《おり》のようなだるさが溜まっていくのを感じた。生理は始まっていたが、顎のニキビはなかなか治らない。ファンデーションも塗《ぬ》れないし、なにより鏡を見るたび憂鬱《ゆううつ》な気分になる。

その晩、いつものようにコンビニのおにぎりを食べる気になれず、さくらは一旦オフィスを抜け出し、外で夕食をとることにした。

二十一時を過ぎると、新橋界隈《かいわい》はラーメン屋か飲み屋しかあいていない。雨の中を歩き回った末、さくらはスパゲッティ専門店の前で足をとめた。都内でよく見かけるチェーン店だった。スパゲッティなら、ラーメンや牛丼《ぎゅうどん》に比べ、女性のひとり客にも敷居が低いように思えた。

だが席に着いた途端、氷の解けきった生ぬるいお冷《ひや》を出され、さくらは嫌な予感を覚えた。がらがらの店内はうすら寒く、いつ用意したのか分からない生ぬるい水を持ってきた太った男の店員は、不機嫌極まりない表情をしていた。

数だけはたくさんあるメニューの中から、さくらはカルボナーラを選んだ。柔《やわ》らかいクリーム系の味が食べたかったのだ。身体のためを思って、グリーンサラダをセットにする。本当はデザートセットのケーキにも心惹《こころひ》かれたが、それだと千円を超えてしまうので我慢《がまん》した。

しかし、しなびた野菜屑《くず》のようなサラダが乱暴《らんぼう》にテーブルに置かれたとき、さくらはコンビ二弁当《べんとう》のほうがまだましだったかもしれないと思った。レタスもキュウリもぱさぱさに乾燥《かんそう》していて、化学調味料の強いドレッシングの味しか残らない。

久しぶりに野菜を食べようと思ったのに。

セットのサラダにそれほどの期待をしていたわけではないが、あまりのみすぼらしさに、さくらはなんだか悲しくなった。

ぼそぼそとした野菜屑のようなサラダを口に運びながら、ぼんやりと昼間の打ち合わせの様子を思い返す。

クライアントとの打ち合わせは、予想通り、手厳しいものだった。

決して自分が動くわけではない助川由紀子からは、容赦のない駄目出しと、高い要求が繰《く》り出された。

編集部に戻り、さくらは長い間頭を抱えた。

そもそも本当の「隠れ家」が、取材を簡単に受けるわけがない。無理やり承諾《しょうだく》をもらった店からも、連絡先やマップを載せないでくれと頼まれることが多々あった。

けれどそんな中途半端な記事が、読者に本当に喜ばれるものだろうか。

もう少し、現実に即した形でコンセプトを立て直すことはできないだろうか。

「はあ？　寝惚《ねぼ》けたこと言ってんじゃないよ」

だが、その日、軽く打診しただけのさくらに、腐海の中に埋もれていた編集長は眼をむいた。

「コンセプトを考えるのはクライアントだろうが。俺らはそのコンセプトに合わせて、適当に情報集めて、無理やりでも記事書きゃそれでいいんだよ」

「でも、記事を読んで本当に満足してもらいたいのは、クライアントじゃなくて、読者のはずですよね」

「青臭いこと言ってないで、さっさと記事あげろ」

珍しく食い下がったさくらを、編集長は頭ごなしにねじ伏せてきた。

「女性誌企画ばっかりかまけてもらってても困るんだよ。何度も言ってるけど、俺たちは仕事まわしてなんぼなんだぞ。こだわってる暇があったら、数稼げ。フリーペーパーの家電商品紹介のほうはどうなってんだ。締め切りは待ってくれないんだぞ」

こだわるな、数を稼げ――。

編集長がかけてくる発破《はっぱ》はいつだって同じだ。

でも。

せっかく大判の女性ファッション誌なのだ。

由紀子の無茶振りはともかく、たまには満足のいく記事を書いてみたい。

あっという間に読み捨てられるフリーペーパーや情報誌よりは、読者の記憶に残るはずだ。

紙のように味のないレタスを食べながら、さくらはぐるぐる考え続けた。

やがて、不自然なほど鮮やかな黄色いクリームのかかったカルボナーラがやってきた。

ひと口食べて後悔する。

これって――。レトルトのクリームソースをかけただけの代物だ。

想像していた柔らかな味わいとはほど遠い、尖《とが》った味だった。

せっかく奮発してレストランに入ったのにと、さくらはつくづく悲しくなる。それでも空腹には代えられず、押し込むように口に運んだ。

半分ほど食べたところで、メールの着信音が鳴った。

携帯を取り出してみると、璃奈からだ。またしても、結婚問題の愚痴だろうか。

何気なくメールを開き、さくらは機械的に口に運んでいたフォークをとめた。

時刻は二十一時半。

まだ間に合う――。

そう思った瞬間、さくらはバッグを持って席を立った。


残業帰りのサラリーマンでいっぱいの電車に耐え、ようやくホームに降りたとき、朝から降り続いていた雨はやんでいた。

ほとんどの店がシャッターを下ろしている商店街を、大きなバッグを抱えたさくらは足早に歩いた。商店街の外れまでくると、迷わず、あの細い路地に足を踏み出す。

砂利道にできた水たまりをまたぎ、ポリバケツをよけて、奥へ奥へと分け入っていく。

璃奈が笑い話のつもりで、夜食カフェを探していた友人がおかまの洋服屋に行き当たったことを城之崎塔子のツイッターにダイレクトメールしてみたところ、上海の塔子から、意外な返事が戻ってきた。

〝それ、正解よ〟

昼はダンスファッション専門店。夜は賄《まかな》いカフェ。

それが、幻の夜食カフェの正体だった。

丸い緑の葉のハナミズキが見えてきたとき、さくらは軽く眼を見張った。

昼のけばけばしさとは一転。

玄関のカンテラに柔らかな灯《あか》りがともり、ハナミズキの根元に「マカン・マラン」と記されたスチール製の看板が、そっと立てかけられていた。

さくらはバッグを抱え直し、上着のポケットの中の名刺《めいし》入れを確認する。

それから息をひとつついて、呼《よ》び鈴《りん》を押した。

「はあーい」

すぐに奥から低い声が響き、みしみしと廊下を歩いてくる気配がする。

玄関の重たい木の扉が中から開いたとき、さくらは言葉を失った。

「あら、いらっしゃい」

呆気《あっけ》に取られているさくらを見下ろし、嫣然《えんぜん》と微笑《ほほえ》んでいるのは——。

鮮やかなピンク色のボブウイッグをかぶった、背の高い、女装《じょそう》の中年男だった。

間接照明《しょうめい》の中にぼんやりと浮かび上がる室内には、緩《ゆる》やかなガムラン・ドゥグンが流れていた。典雅《てんが》な子守唄のような調べの中、常連客らしい人たちが、ひとりがけのソファで思い思いにくつろいでいる。

その落ち着いた雰囲気は、店主の異形をも一瞬忘れさせる穏やかさに満ちていた。

突然訪ねたにもかかわらず、優雅なナイトドレスを纏った女装の男は常連客を迎えるような自然さで、さくらをカウンター席に案内してくれた。

気品に満ちたその仕草は、男を〝おかま〟と呼ぶことを憚《はばか》らせた。

カウンターの端《はし》では、眼鏡《めがね》をかけた仏頂面《ぶっちょうづら》の中年男が、お茶を飲みながら新聞を読んでいる。

左の薬指に指輪をはめたこの男は、どこから見ても普通のオッサンだった。

中庭に面したソファで夜食を食べている人たちのなかには、白髪を肩に垂らした上品そうな老婦人の姿も見える。誰も彼も、先日の昼間のけばけばしさとは無縁の人たちばかりに思われた。

さくらは怖々《こわごわ》と周囲を見回したが、先日見かけた柄の悪いおかまの姿はどこにも見当たらなかった。

スツールに腰を下ろし、さくらは上着のポケットの中の名刺入れに指を触れる。

「夜食にする？　それともお茶かしら？」

やがて背の高い女装の男が、カウンターの奥から声をかけてきた。

深みのある、ゆったりとした声だった。

「あ、あの」

さくらは立ち上がり、すかさず名刺を差し出す。

「実は私、こういうもので……」

特約記者として、期間限定で渡されている女性誌のロゴ入りの名刺だった。この有名女性誌のロゴを見た途端、態度を変える店主も少なくない。

ところが、さくらが差し出した名刺を、女装の大男は受け取ろうとしなかった。

「今、本誌で〝隠れ家カフェ〟の特集を組もうと企画しておりまして……」

後押しのつもりで、さくらはバッグの中から見本誌を取り出す。

大判の女性ファッション誌はかさばるし重い。こんな雑誌を何冊もバッグに入れて持ち歩いているから、慢性的な肩こりと縁が切れない。それでも、このきらびやかな雑誌には、名刺以上の説得力があるはずだ。

だが男はやはり、顔色ひとつ変えなかった。

「悪いけど、そういうの興味ないのよ」

すげない言葉に、さくらは慌てる。ここで断られたら、記事の目玉が無くなってしまう。

「とりあえず企画書だけでも」

バッグの中を乱暴に探った瞬間、ファイルが滑《すべ》り落ち、挟んであった企画書や資料がばさばさと床の上に散った。

「す、すみません！」

店内の静かな雰囲気を壊してしまい、さくらは焦《あせ》った。床の上に散らばった企画書をかき集め、耳をそろえてカウンターの上に置き直す。

「大変失礼致しました。まずはこの企画書にお目通しいただけないでしょうか。こちらのお店は、今回の企画のコンセプトにぴったりで……」

「興味がないって言ってるでしょ」

話を進めようとしたさくらを、男の低い声がぴしりと遮《さえぎ》った。

「あたしは、あなたたちのコンセプトに合わせて、お店をやってるわけじゃないのよ」

その眼差しの厳しさに、さくらはそれ以上の言葉を呑み込んだ。

見つかりさえすれば、ごり押しが通ると思い込んでいた己の浅はかさを突きつけられた気分だった。

「すみません……」

企画書を仕舞いかけた指先が震える。

女性誌の権威に溺《おぼ》れていたのは、他でもない。自分のほうだ。

「あなた、疲れてるわね」

そのとき、男がふと口調を変えた。

「脂質《ししつ》と糖質《とうしつ》を取り過ぎてるわ。それに寝不足ね」

突然の指摘《してき》に、さくらは指をとめる。

驚いて見返せば、女装の男が先とはまるで違う穏やかな眼差しで微笑んでいた。

「痛いでしょ？」

顎を指さされ、さくらは頬《ほお》に血が昇《のぼ》るのを感じる。顎に大きなニキビを作っている自分は、酷くみっともないに違いない。

「恥《は》ずかしがらせるつもりはないのよ」

俯《うつむ》いたさくらに、男は優しく首を横に振った。

「でも、しばらく小麦粉を控えたほうがいいわ。特に粉ものを焼きしめたスナック菓子や、クッキーは厳禁よ。アルコールもよくないわ」

毎晩、発泡酒とスナック菓子で憂《う》さを晴らしている自分を言い当てられたようで、さくらは思わず眼を見張る。

「代謝《たいしゃ》が下がって、熱がこもっているのよ。若いから表に出るの。内臓《ないぞう》に出るより、ましなほうよ。でも、丁度《ちょうど》よかったわ。ちょっと待っててね」

茫然としているさくらを残し、男はナイトドレスの裾を翻《ひるがえ》してカウンターの奥へ消えていった。

やがて花柄のミトンをはめた男がソーサーを持って戻ってきたとき、ふわりと甘い香《かお》りが辺りに漂《ただよ》った。

「オーブンの中に入れておいたから、まだ充分膨らんでるわ」

ソーサーの上では、明るい黄色のふんわりとしたものが、ココット容器から溢れんばかりに大きく膨らんでいる。大きな傘《かさ》を広げた真ん丸い茸《きのこ》のようだ。

「もちあわと南瓜《かぼちゃ》のスフレよ。あわと南瓜には、脂質と糖質の代謝をよくする働きがあるの。今日は陽性過多のお客さんが多かったから、これをデザートにしてみたんだけど、あなたにもドンピシャね。代謝が促進《そくしん》されれば、こもっている熱も自然に取れるはずよ」

ふっくらと膨らんだスフレをカウンターの上に置くと、女装の男はさくらの眼の前でシナモンパウダーをひと振りかけた。

「シナモンは女性の味方。髪も肌も美しくしてくれるの」

シナモンのエキゾチックな香りが鼻孔《びこう》を擽《くすぐ》る。

「さっき焼き上げたばかりだから、まだ熱々よ」

表面に南瓜の種と松の実《まつのみ》が散らされたそれは、見た目にも美しい。

でも、これ――。

高いんだろうか。

フランス料理など滅多に口にしたことのないさくらは一瞬躊躇《ちゅうちょ》した。

今回の女性誌企画を編集長がいくらで受注しているのかは知らないが、あの編集長のことだ。経費が認められるとは思えない。悲しいことに、野菜屑サラダとべたべたした油っぽいスパゲッティに、さくらはその日の夕食の予算をつぎ込んでしまっていた。

「遠慮しないで。お代はあのオジサンにつけとくから」

さくらの心を読んだように、男が片方のつけ睫毛《まつげ》を伏せて、カウンターの端に座っている眼鏡をかけた仏頂面の中年男を指さす。

「なんだと！」

中年男がすかさず顔を上げたが、さくらと眼が合うと「まあ、いいですよ、ここの料理、そんな高いもんでもないし……」と、ぶつぶつ呟きながら、再び新聞に視線を落とした。

「冗談《じょうだん》よ」

つけ睫毛を瞬《またた》かせ、男がグロスを塗り込んだ唇の口角《こうかく》を吊《つ》り上げる。そうやって笑うと、なんだか昔のディズニー映画に出てくる魔女のようだ。

「今日はあたしのおごり。ゆっくりしていってちょうだい」

男は冷たい水の入ったコップを置いてから、さくらが仕舞いかけていた企画書をそっと押し返した。

「これはいただけないけどね」

「……はい」

小さく頷いたさくらに、ピンクのウイッグをかぶった男はゆったりとした笑みを浮かべた。

「分かってくれて嬉《うれ》しいわ。このお店の基本は常連さんへの賄いなの。一見《いちげん》さんにきてもらう余裕はないわ。それに……」

男が両手を広げて、紫色のナイトドレスを纏った己の姿を強調してみせる。

「店主がこんなじゃ、一般読者は驚くわよ」

途端にカウンターの端で「うわははははっ！」と、笑い声が起きた。

眼鏡をかけた中年男が、大きな腹を揺すって爆笑している。

「そりゃあ、驚くわ。ドン引きだな」

「ちょっと！」

突然、奥の部屋の扉があいて、そこに真っ赤なウイッグをかぶった若いおかまが現れた。昼間の柄の悪いおかまの登場に、さくらは全身を強張《こわば》らせる。

「聞き捨てならないわね。今のドン引きって言葉、一体、どこにかかるのよ！」

だがおかまはさくらに構わず、いきなり中年男に食ってかかった。

「そんなのお前らに決まってんだろ。ドン引きだ、ドン引き」

「なぁんですってぇー！」

負けじと言い返した中年男に、おかまが躍《おど》りかかっていく。やがて奥の部屋から色とりどりのウイッグをかぶったおかまたちがわらわらと現れ、中年男を取り囲んだ。

「おい、御厨《みくりや》！　こいつらをなんとかしろ！」

おかまに揉《も》みくちゃにされている中年男が声をあげたが、女装の大男は素知らぬ顔でそっぽを向いている。

「おい、こら、御厨！」

中年男は揉みくちゃにされながら、奥の部屋に引きずり込まれていった。

部屋の扉がぱたりと閉まると、再び室内は静かになった。

あまりのことにさくらはまだ固まっていたが、よくあることなのか、他の常連たちは皆平然としている。

「今の子はジャダ。ここの大事なお針子《はりこ》のひとり。このお店はね、元々お針子たちの賄いから始まったの」

「御厨さん……？」

お針子部屋に引きずり込まれた中年男を真似《まね》て呼びかけたさくらに、女装の大男は「ちっちっち」と立てた人差し指を左右に振ってみせた。

「あたしはシャール。他の呼び名は受けつけないわ」

「シャール……さん……」

釣られて繰り返せば、シャールは満面の笑みを浮かべて頷く。

「さあ、スフレはできたてが肝心《かんじん》よ。しぼまないうちに召《め》しあがれ」

促《うなが》され、さくらはもちあわと南瓜のスフレをひと匙掬《さじすく》って口に入れた。

瞬間――。

さくらは完全にノックアウトされた。

ふわりとしたもちあわの食感の後、素朴《そぼく》だけれどこっくりとした南瓜の甘みが口いっぱいに広がり、全身にしみじみと沁《し》み渡っていく。気づくとさくらは夢中で匙を口に運んでいた。

自分が食べたかった柔らかな味は、これだったのだ。

いつの間にかガムラン・ドゥグンが終わり、今はサティのジムノペディが室内に流れている。

二十三時。不思議な魔女のような店主シャールの元で、一日の終わりを前に、誰もがゆったりと心をくつろがせている。

このひと口のスフレがあれば、きっとその日の「最悪」のすべてを忘れられる。

さくらは心の底から、ここにいる常連たちを羨《うらや》ましいと思った。

この充実を、静寂を、邪魔をする権利は誰にもない。

さくらはカウンターの上の企画書を、そっとバッグの中に仕舞った。

相変わらずぐずついた曇天《どんてん》が多く、秋というより、梅雨のような毎日が続いている。

だが初夏《しょか》の梅雨時と違うのは、日はどんどん短くなり、気温も右肩下がりに下がり、季節は光から闇《やみ》へと移行していることだった。

その日、さくらは喫茶店で、クライアントの助川由紀子から信じられない言葉を聞かされた。

「よくあることなのよ」

絶句しているさくらの前で、由紀子は悪びれた様子もなく、丁寧《ていねい》にネイルの施された指先でカップの細い柄を持ち上げる。

今回の第二特集に、コーヒーチェーン店がスポンサーとしてつくことが決まったという。

「うちとしてはね、そのほうが有難いの。ページも買ってもらえるし」

当たり前のようにそう言うと、由紀子はコーヒーをあおった。

二カ月近く、駆けまわっていた忙しさを思い、さくらはソファの上で脱力する。

コーヒーチェーン店がスポンサーについたことによって、〝隠れ家カフェ〟というコンセプトは呆気なく消し飛んだ。

「もちろん、発注そのものを取り下げるということではないから、安心してね」

さくらには、コーヒーチェーン店の新商品についての記事を新たに書いてほしいという。

「これまで取材していただいた分も、なんとか他の号に入れ込むように調整しますから」

由紀子としては、それですべての穴埋めをしたつもりなのだろう。

だが、残暑の中、重い見本誌の入ったバッグを抱え、散々歩き回ったあの時間。

手厳しい駄目出しを受け、深夜残業を重ねてぐるぐると思い悩んだあの時間。

すべての労力が無駄になったことを思い、さくらは黙って自分のカップを見つめる。

この日呼び出されたのは、由紀子の自宅近くの喫茶店だった。

大きな窓の向こうに、プラチナ通りと呼ばれる銀杏《いちょう》並木の通りが広がっている。霧雨《きりさめ》が降りしきる中、色とりどりの傘を差したお洒落な服装の男女が時折行き交っていた。ビニール傘ばかりが咲く新橋の駅前とは大違いだ。

もうしばらくすると銀杏の葉が黄葉《こうよう》し、通りは大勢の観光客で賑《にぎ》わうという。

「いちょう祭りなんて、うるさいだけだけどね」

ここでも由紀子は、持てる側の発言をした。

「とにかく、引き続きよろしくお願いします」

由紀子は伝票を取り、優雅な笑みを浮かべてみせた。

二回分の夕食費に相当する価格《かかく》のコーヒーに半分口をつけただけで、さくらも立ち上がる。

会計を任せ、さくらは先に店の外に出た。

なかなか出てこない由紀子を硝子《ガラス》の扉越しに振り返り、さくらはどきりとする。由紀子がショーケースを覗き込み、たくさんのケーキを買っているのが眼に入った。

果物の載ったタルトやクリームケーキを箱に詰めてもらいながら、由紀子は当然のように会社の名義《めいぎ》で領収書を切っていた。

「お土産《みやげ》ですか」

「ええ」

紙袋を抱えて出てきた由紀子に声をかけると、なんでもないことのように頷かれる。

「うち、主人と息子が二人ともスイーツ男子なの」

由紀子の朗《ほが》らかな返答を、さくらは無言で遣り過ごした。


帰りの地下鉄の中で、さくらはずっと、胸の中にふつふつと湧《わ》き起こる黒い気持ちを持て余していた。

帰宅ラッシュの地下鉄は満員で、車体が揺れるたびに周囲に押されて息が詰まりそうになる。

あんなに悩み、苦しみ、汗をかいた時間を、「よくあること」のひと言で帳消《ちょうけ》しにされてしまった。

それでも発注を取り下げるわけではないから安心しろと、まるで施しのように告げられた。

自分の家族へのお土産を買うのに、平然と会社名義の領収書を切っていた由紀子の姿が頭をよぎる。

あんなことが、未だに罷《まか》り通る職場がある。

その事実も衝撃《しょうげき》だったが、それ以上に、自分があの喫茶店に呼び出された理由が、そこにあるように思えることが耐えられなかった。

由紀子にしてみれば、ついでだったかもしれない。

でも、本当に「ついで」にされたのは、果たして一体どっちだろう。

考えれば考えるほど、堪らない屈辱《くつじょく》感が、さくらの心を暗く染めた。

それでもメインはあの人なのだ。

最初から勝ち組は決まっている。どんなにくどくて、脂《あぶら》ぎって、食えない代物であっても、メインをはれるのはあの人だ。

自分はセットの野菜屑で、いくらでも替えの利く働き蟻でしかない。

乗り換えの駅に降りたとき、さくらはふっと足をとめた。

気がついたときは、会社にも自分のアパートにもつながらない路線に乗っていた。

小一時間、満員電車に揺られ、長い商店街のある駅に降り立ったとき、さくらはまだぼんやりしていた。

冷たい霧雨が降りしきる中、細い路地へと足を踏み入れる。

ハナミズキの黒い影が見え、その奥にカンテラの灯りがともっているのを見つけたときは心底ほっとした。

だが呼び鈴を押す段になって、今更のようにためらいが湧く。

常連でもない自分が、再びここへきてしまってよかったのだろうか。

そのとき、ふいに足元を、黒っぽいしなやかなものがすり抜けていった。初めてここへ迷い込んできたときに見た、キジトラの野良猫《のらねこ》だ。

猫はちらりとさくらを振り返ったが、すぐに前を向き、中庭に面した硝子戸をがりがりと搔《か》き始めた。

やがて硝子戸の向こうに、大柄な影が現れる。

頭にスカーフを巻いたシャールが硝子戸をあけてやると、キジトラの猫はあっという間にその胸に駆け上った。

「あら？」

キジトラを胸に抱いたシャールが、門の前で立ち竦《すく》んでいるさくらに気づく。

「いらっしゃい。今日はあなたが一番乗りよ」

その頰に、魔女めいた笑みが浮かんだ。


「この間は協力してあげられなくて、悪かったわね」

テーブルの上にマグカップを置きながら、シャールが開口一番そう言った。

「いえ、そんな……。私のほうこそ、失礼しました」

さくらは恐縮《きょうしゅく》して首を横に振る。

部屋の隅でがりがりと硝子を搔く音がした。見れば、出汁《だし》を取った煮干《にぼ》しを食べ終えたキジトラがもう表へいこうと、今度は部屋の中から硝子戸を搔いていた。

「ちょっとあけてあげてくれるかしら」

シャールに頼まれ、さくらは硝子戸を少しだけあけてやった。

キジトラはちらりとさくらを見上げると、澄《す》まして外へ飛び出していった。

「現金な子よね。あの子、最近うちにくるようになったんだけど、他にもいくつも別宅があるみたいよ」

まだ時間が早いせいか、今夜のシャールはナイトドレスではなく、身体にぴったりとしたタートルネックのシャツを着ている。

昔なにかの運動でもやっていたのだろうか。厚い胸板に猫を抱いた先のシャールは、彫像《ちょうぞう》のようだった。

「……で？　今日はどうしたの？　あなたも別宅にきたい気分だったのかしら」

覗き込まれ、さくらは一瞬言葉に詰まる。

メイクの薄いシャールは、思った以上にハンサムだ。

「実は、取材をお願いしようと思っていたあの企画、なくなっちゃったんです」

「あら、どうして？」

「コーヒーチェーン店のスポンサーがつくことになって、他のカフェの取材ができなくなったんです」

マグカップを手に取ると、ふんわりとシナモンが香った。ひと口含み、飲み下す。胃の中がぽっと温かくなった。

さくらは急に気が緩み、男性にも女性にも見える半神のようなシャールに、なにもかもを打ち明けたい気分になった。

「私……、本当はあの雑誌の記者じゃないんです。ただの下請けのライターです」

「下請けだって、記事を書くのはあなたなんでしょう？　それなら同じことだと思うわ」

「ちっとも、同じじゃないですよ」

シナモンティーをもうひと口飲んでから、さくらは首を横に振る。

「私、空っぽなんです」

気づくと言葉がこぼれ落ちていた。

曲がりなりにも随分文字を書いてきたのに、そのひと文字も、どこにも残っていない。日々塗り替えられる情報に上書きされ、押し流され、あっという間に消えていく。

女性誌の仕事を振られたときは、やっとチャンスが巡《めぐ》ってきたのかと思ったが、結局そんなことはなかった。

「結構、頑張って取材してたつもりだったんですけどね。よくあることだのひと言で、済まされちゃいました」

それでも自分は、由紀子に言われたとおり、今度はコーヒーチェーン店の新商品についての記事を書くのだろう。

なぜなら、さくらには自分の言葉がないからだ。

社会に出てから六年。〝仕事を回せ、数をこなせ〟と発破をかけられ続け、いつの間にか、無難な文章の書き方ばかりが身についてしまっている。

忙しいばかりで、ちっとも自分の実績にならない仕事。

「今のままじゃ、いくら頑張ったって、結局なんにもならないんです。クライアントの意向に添って動くのが下請けの仕事だし、どれだけ働いても実績にはならないし、このままじゃ、どこまでいっても空っぽなままなんです」

けれど、それを選んだのは自分だ。

なぜなら——。

本当は、私自身が空っぽだからだ。

世代のせいでもなんでもない。それは、さくら自身の問題だ。

受験とも恋愛とも、本気で向き合ってこなかった。

その都度流れに身を任せ、流され続けてきたつけが回ってきたのだ。

気づいてしまった。

空っぽなのは、他でもない自分自身だ。

マグカップを握りしめ、さくらは低く俯いた。

「空っぽなら、埋めていけばいいんじゃないかしら」

「え？」

顔を上げると、シャールが真っ直ぐに自分を見ていた。

「ちょっと待ってて。すぐにできるから」

シャールは微笑んで、カウンターの奥へと消えていった。

ひとり残されたさくらは、室内を低く流れているクラシック音楽に耳を澄ませた。

この曲は知っている。モーツァルトのアイネ・クライネ・ナハトムジーク。

確か、小さな夜の曲という意味だっけ。

モーツァルトは凄い。どの曲をどこから聞いても、絶対に一度は聞いたことがある。

そこには天才の響きがある。

どの音にもちゃんとした顔がある。

それは凡才の自分には、到底手の届かないものだ。

バカみたい——。

モーツァルトと自分を比べたところでどうにもなりはしない。

さくらはふと、窓の外に眼をやった。

夜の闇の中、カンテラの灯りに照《て》らされ、中庭のハナミズキが仄赤《ほのあか》く浮かび上がっている。

窓辺に近づいて眼を凝《こ》らすと、枝に緋色《ひいろ》の丸い実がたくさんなっているのに気がついた。周囲の葉も赤く染まり始めている。

闇に向かうばかりだと思っていた季節が、結実の季節でもあることを、さくらは瞬時に悟らされた。

いつの間にか雨がやんでいる。

さくらはソファにかけ直し、しばらくカンテラに照らされる中庭の様子を眺めていた。

雨上がりの裏路地は静かで、この中庭だけが雑多な都会から切り離されているようだった。

「お待たせ」

やがてシャールがカウンターの奥から現れた。

テーブルの上に置かれた白い皿を見て、さくらは小さな歓声をあげた。

大きな白い皿の真ん中に、鮮やかなオレンジ色のポタージュを盛ったカップが置かれ、そのカップを巡る輪のように、色とりどりの野菜や果物が幾重《いくえ》にも並べられている。

まるで、太陽を巡る惑星《わくせい》とたくさんの星屑が、一堂に皿の上に会しているようだ。

「綺麗《きれい》……」

溜め息を漏らしたさくらを、シャールが得意げに覗き込む。

「でしょう？　これ、全部あたしの作り置きなの」

ポタージュを中心に盛られた星屑のひとつひとつを指さしながら、シャールが説明を始めた。

「秋ニンジンと豆乳《とうにゅう》のポタージュ、トマトのゼリー、イチジクのバルサミコソース和《あ》え、オリーブのピュレ、水菜《みずな》とアーモンドの雑魚和え、ごぼうとグリーンアスパラガスのマリネ、ブロッコリーとパプリカの甘酢《あまず》和え、山芋《やまいも》とアボカドの山葵《わさび》和え、胡桃《くるみ》のロースト……」

イソフラボン、リコピン、ベータカロテン、ビタミンE――。女性ホルモンの分泌《ぶんぴつ》を促す栄《えい》養素《ようそ》のすべてがこのひと皿に入っているのだという。

「あたしはこれを、こうやってお皿に盛って、毎日少しずつ食べてるの」

「毎日ですか？」

「そう。あたしは本当は男だけど、女性を綺麗にするものは、なんでも取り入れることにしているの。単に気分の問題かもしれないけど、それでも全然違うのよ」

ゆっくりとシャールは自分の胸に手を当てた。

「足りなければ、満たせばいい。空っぽならば、埋めればいいのよ」

さくらの心の奥底に小さな灯《ひ》がともる。

「さあ、召しあがれ」

さくらは箸を手に取った。美しい星屑たちに散々迷ったが、まずは、トマトのゼリーを食べてみた。甘くて瑞々《みずみず》しくて、本当に体の隅々まで潤《うるお》っていくようだった。

次にアスパラガスを口にした。しゃくしゃくとした歯応えが堪らない。

気づくと箸がとまらなくなっていた。

「どう？　ひとつひとつは軽いサラダみたいなものだけど、こうして集めれば、ちょっとした一品になるでしょう」

「ものすごく美味しいです。食べてるだけで、健康になっていく感じがします。こんなにたくさん野菜を食べるの、本当に久しぶりです。野菜不足は自分でも気になるんですけど、自炊《じすい》ってどうしても敷居《しきい》が高くって……」

「難しく考える必要はないのよ。野菜や果物はそれだけで、酵素《こうそ》やミネラルやポリフェノールをたっぷり含んでいるの。トマトをスライスしてレモン汁とオリーブオイルをかけただけでも、立派なサラダになるわ。そこに粒胡椒《つぶこしょう》があれば、もっとすてきね」

「それなら、私にもできるかも」

「当然よ。あたしたちは、なんだってできるのよ」

シャールは長い腕を組んで、さくらを見る。

「サラダはメインになれないなんて言うけど、あたしはそうは思わないわ。最初からなにもかもそろってる人生なんて、面白くないじゃない。あたしはどう足掻《あが》いたって、本当の女性にはなれないけど、だからって、自分の人生を降りたいとは思わないわ」

「シャールさんはその辺の女性よりも、ずっとずっとすてきですよ」

さくらの熱弁に、「まあ、ありがと」と、シャールは口元をほころばせた。

「でも、あなただって、負けてないわ。だってあなた、ちゃんとこの店を探し当てたじゃない。ちっとも空っぽなんかじゃない。あなたには、それだけの熱意があったってことよ」

さくらはハッとしてシャールを見返した。

きっと、この人は、最初から知っていたのだ。

初めて自分が「マカン・マラン」の呼び鈴を押したときから。

城之崎塔子を通して打診してきていたのが、迷い猫のふりをしてやってきた名もないライターであったことを。

「大丈夫よ」

シャールの声が密やかに響いた。

「苦しかったり、つらかったりするのは、あなたがちゃんと自分の心と頭で考えて、前へ進もうとしている証拠よ」

だから、今はなにも見えなくても、絶望する必要はない。

「悩むことが大切な時期だってあるのよ」

ひょっとして――。

あの城之崎塔子も、この店で羽を休めたことがあったのだろうか。

温かなポタージュを口に含むと、視界がぼんやりと滲み始める。

なんにもない。空っぽ。

その自分を、この先本当に変えていけるのだろうか。

いつしか箸がとまっていた。

テーブルの上に、涙がぽたぽたと散った。

「大丈夫」

震えるさくらの背中に手を当て、シャールが繰り返す。

「どんなに色々なものが足りなくたって、誰もが自分の人生の女王様よ。あたしもそう。もちろんあなただってそうよ」

涙をぬぐったさくらに、シャールはにっこりと微笑んだ。

「これはね、あたし特製のレシピなの。名づけて、世界で一番女王なサラダよ」


十月の半ばを過ぎると、街のあちこちが南瓜で埋まる。

ハロウィンはいつから日本でこんなに市民権を得たのだろうと、さくらはふと考える。

ハロウィンが終わればクリスマスがやってきて、年の瀬はあっという間だ。

この日さくらは、年末に結婚が決まった璃奈の祝いの品を買うために、自由が丘にきていた。

璃奈は現在マリッジブルーに陥《おちい》っていて、毎晩のように新郎が結婚準備をなにもしないという長文の愚痴メールを送って寄こしていた。

それでも璃奈はとびきり綺麗なウエディングドレスで勢いをつけて、結婚という現実に果敢《かかん》に飛び込んでいくのだろう。

そして自分は――。今年のクリスマスも、仕事三昧《ざんまい》になりそうだ。

あれ以来、さくらはシャールの店を訪ねていない。

仕事は忙しく、顎周りには繰り返し赤ニキビができる。

腐海に棲む編集長に、まわせこなせと追い立てられて、毎日あくせくリサーチに励み、深夜までキーボードを叩いている。

変わらないといえば、なにも変わらない。

それでも少しは自炊をするようになったし、今まで高くて手が出なかった果物も買うようになっていた。

発泡酒とスナック菓子を買うのを我慢すれば、今の給料でも旬《しゅん》の果物を買うことくらいはできると気がついた。

それから、少し変化があったとすれば――。

さくらは最近、学生時代のように、再び本を読むようになっていた。

移動時間、クライアントに待たされている時間、店で料理を待っている時間を利用して。

ぼんやりしているより、面白い本を読むほうがずっとストレスが軽くなることに気づかされた。

図書館や古本屋が、財布の味方になってくれた。

本を読んでいると、さくらは心密かに言葉の力を思うのだ。

今は仕事をこなすのが精《せい》いっぱいで、それ以上のことをしようとは思っていない。

けれど、いつか。

空っぽな自分を、本当の自分の言葉で埋めてみたい。

自分の話で、級友たちを笑わせていた学生時代のように。

人を元気にさせるなにかを書いてみたい。

相変わらず自分は下請けの契約ライターにすぎないけれど、たった一度の人生、自ら奴隷《どれい》に甘んじることはない。

たとえ勝ち組《メイン》になれなくたって、サラダにはサラダの意地がある。

自分の舞台から降りないために、少しずつ、ひとつずつ、足りないものを埋めていこう。

そしていつか、きっと供そう。

私だけの、世界で一番女王なサラダ。

第四話

大晦日のアドベントスープ

午前着指定の荷物《にもつ》をすべて配達《はいたつ》し終え、事務所に戻ってきたのは正午《しょうご》すぎだった。黒光大輔《くろみつだいすけ》は、軽くスキップしながら更衣室《こういしつ》へ向かう。

再配送の荷物が出ない日はラッキーだ。

配達先が会社であればなんの問題もない。けれどそれがマンションの場合、指定時間通りに届けても、玄関先に出てこない人がいる。そういうときは宅配ボックスを使用するのだが、厄介《やっかい》なのはボックスがいっぱいになっている場合だった。

朝九時の指定配達で、既《すで》にボックスがいっぱいになっているマンションに出くわすと、大輔は首を傾《かし》げたくなる。

なぜこんなにも多くの人たちが、玄関先にすら現れようとしないのだろう。

中には、たまたま指定していた時間に急用が入って出かけてしまった人もいるのかもしれないが、呼《よ》び鈴《りん》を押した後にやってくる沈黙《ちんもく》に、頑《かたく》なな拒絶《きょぜつ》を感じ取ることが間々《まま》ある。

世はネット時代。どこへも出かけなくても物は買えるし、誰《だれ》とも会わなくてもお喋り《チャット》ができる。生身の人間と顔を突き合わせることが、億劫《おっくう》になるのやも分からない。

ともあれ、この日は宅配ボックスがいっぱいになっていることもなく、つつがなく午前中のバイトを務めることができた。

配送帽《ぼう》をアポロキャップにかぶり替え、ジャケットをはおると、大輔はタイムカードを押した。

ガチャリと音をたてて印字されるタイムコードを見ながら、心に呟《つぶや》く。

さらば――。

さらば、世を忍《しの》ぶ仮の姿よ。

店先にとめてあった自転車に乗り、一気に坂を駆《か》け下り、商店街へ向かう。

長い商店街を買い物客をよけながら走り、外れまでやってきたところで一旦《いったん》自転車を降《お》りた。

ここから先の細い路地に、自転車で切り込んでいくのは危険だ。どこから野良猫《のらねこ》が飛び出してくるか分からないし、ポリバケツの蓋《ふた》をあけようとしているバカでかいカラスと出くわさないとも限らない。ハンドルを切り損《そこ》ねれば、あちこちに張り出している空調の室外機に突っ込むことになる。

大輔はおとなしく自転車を引いて、細い裏路地に分け入っていった。

やがて、中庭にハナミズキの植《う》わった、古民家のような一軒家《いっけんや》が見えてくる。十一月に入り、ハナミズキの葉が少しずつ紅葉《こうよう》し始めていた。

門の中に自転車を引き込み、ポケットの中の鍵《かぎ》を探る。

重い玄関の扉《とびら》をあければ、エキゾチックな香《かお》りが漂《ただよ》ってきた。この家の主人は、虫よけや消臭《しょうしゅう》にハーブの精油《せいゆ》が配合されたお香《こう》を焚《た》いている。

大輔は誰もいない部屋の中に上がり込み、廊下《ろうか》の奥《おく》の小部屋の扉をあけた。

アポロキャップを脱ぎ捨て、まずは大きな鏡台《きょうだい》の前に座る。

鏡の中の角刈《かくが》り頭の男を見つめ、軽く息を吐く。この姿と折り合いがつけられなくて、随分《ずいぶん》荒《あ》れた時期もあった。

あれから十年。気づくと自分も三十手前の年になっている。定職にこそついていないが、家を出てなんとか自分を養《やしな》えるまでにはなっている。

それというのも、ここへきたおかげ。

大輔は鏡台の上にずらりと並んでいる化粧品に手を伸ばした。

そこからは無心の時間だった。

ファンデーションを顔全体にまんべんなく塗《ぬ》り込み、リキッドライナーでアイラインを強く引く。つけ睫毛《まつげ》を重ねづけすれば、眼の大きさがあっという間に二倍になった。

楽しい――。

鏡の中で、どんどん変わっていく顔を見るのは、無上の喜びだ。剃《そ》ったばかりの髭跡《ひげあと》が浮《う》いて見えてしまうところはハイライトで入念に塗り潰《つぶ》し、頬骨《ほおぼね》の上に薔薇色《ばらいろ》のチークを載《の》せる。

シャドーはパープルのラメ入り。

唇《くちびる》は今年流行《はや》りのボルドー。グロスを重ねづけしてしっかり光らせる。

仕上げにゆるふわロングの真《ま》っ赤《か》なウイッグをかぶれば――。

ようこそ、本物の自分。

さらば、黒光大輔、世を忍ぶ仮の姿。

こっちが本物。あたしはジャダ。

ＣＤラジカセのスタートボタンを押すと、ノリノリのハウスミュージックが流れ出す。

ジャダはお針子《はりこ》部屋の中に重ねられている完成したばかりのドレスにタグをつけ、ひとつひとつ丁寧《ていねい》にハンガーに通した。

ハナミズキの枝に「ダンスファッション専門店　シャール」の看板《かんばん》をかけ、木の根元に雛壇《ひなだん》を作りハイヒールを並べる。ただのヒールではない。一番小さくても二十六センチ。大きいものは三十二センチまで用意されている。

レールハンガーに、きらびやかなドレスを並べれば、中庭はあっという間に店先に変身した。

一押しのドレスはマネキンに着せて客寄せに。小物をあしらうことも忘れない。

この店構えを見て、手ぶらで帰れる同類はいないと、ジャダは胸を張る。

ふいに足元でニャーンと声がした。

キジトラの猫が、頭をぶつけるようにして足元にすりついてくる。

「ちょっと待っててね」

ジャダはしなやかな背中をひと撫《な》ですると、台所から出汁《だし》を取った煮干《にぼ》しを持ってきてやった。何度か匂《にお》いを嗅《か》いだ末、キジトラは煮干しを噛《か》み砕《くだ》きはじめた。小さな顎《あご》で懸命《けんめい》に食べている様子が愛《あい》らしい。

猫が初めて中庭に迷い込んできたのは、まだ暑い夏の時期だった。台風の晩、ニャーニャーと声をあげて鳴いていた。硝子《ガラス》戸をあけてやっても、最初は怯《おび》えていて近づいてこなかった。

しかたなく軒下《のきした》に煮干しを置いたところ、翌朝には、綺麗《きれい》に平らげた皿の隣で丸くなって眠っていた。

警戒心《けいかいしん》が強かったのは最初のうちだけで、今では度々こうしてやってきては餌《えさ》をねだってすり寄ってくる。

「猫っていいわよねぇ。あたしも愛嬌《あいきょう》だけで世の中を渡《わた》っていけるようになりたいもんだわ」

艶《つや》やかな毛並みを撫でていると、表の細い路地から、賑《にぎ》やかなお喋《しゃべ》りが聞こえてきた。

夕刻《ゆうこく》から店に出るショーパブのドラァグクイーンたちが、出勤のついでがてらにやってきたのだ。昼下がりの彼女たちは濃いメイクこそしていないが、頭に色とりどりのウイッグをかぶり、しなを作りながら甲高《かんだか》い声をあげている。猫は小さく眼を見張り、あっという間に身を翻《ひるがえ》し、門の向こうへ消えていった。

「ちょっとあんたたち、少し静かにしなさいよ。それじゃ、おかま丸出しで、近所迷惑《めいわく》よ。猫だって逃げたわ」

ジャダが憎まれ口を叩《たた》くと、益々嬌声《ますますきょうせい》があがった。

「んまー、それが客に対する態度かしら」

「自分こそばっちり女装《じょそう》してんじゃないの」

「そうよ、そうよ。こっちはちゃんとTPOを弁《わきま》えて、一応ジーパン穿《は》いてきたのよ」

「店番のくせに生意気ね。接客態度がなってないって、シャールさんに言いつけてやるわ」

ノーメイクのドラァグクイーンたちは次々に指さしてきたが、そのうちの帽子《ぼうし》をかぶったひとりが、マネキンに着つけておいたドレスに眼を向けた。

「ちょっと！」

口元に手を当て、立ちすくむ。

「これって……、もしかしてあたしが注文したドレス？」

見る見るうちに、その頬が興奮《こうふん》で紅潮《こうちょう》した。

黒のサテンにスワロフスキーのビーズや白い鳥の羽根《はね》を刺繍《ししゅう》した、ジャダ自慢《じまん》の一品だった。

「その通り。ちなみに、刺繍を仕上げたのは、このあたし。題して〝十二月の夜の女王〟……」

言い終わらぬうちに、ジャダは帽子をかぶったドラァグクイーンに抱きすくめられていた。

「きゃーっ！　なんてすてきなの。あたしのイメージの十倍は上をいってるわ」

「本当にすてき。ちょっとマレフィセントみたい」

「スワロフスキーが絶対舞台映《ば》えするわね」

他のドラァグクイーンたちも羨《うらや》ましそうな顔をする。

こんなふうに自分の技術を褒《ほ》められて、嬉《うれ》しくないわけがない。

ジャダは玄関の扉をあけた。

「さ、入って入って。クリスマス用に、シルクフラワーのアクセサリーもたくさん作ったのよ。年末に向けて、ドレスを注文するなら今が最後のチャンスよ」

ドラァグクイーンたちの歓声《かんせい》があがる。

「忘年会シーズンはショーの準備も大変だけど、クリスマスにプライベートのドレスが欲しいと思ってたところなのよ」

「あら？　ダーリンもいないくせに、プライベートのドレスなんて新調してどうするの」

「まー、憎たらしいこと言わないで」

ドラァグクイーンたちは、小突き合いながら、店の奥へと入っていく。

客寄せ用のマネキンを玄関にしまいがてら、ジャダも部屋に上がろうとした矢先。突然、呼び鈴が押された。

振り向けば、庭先の門のところに見慣《みな》れた男が立っている。

出たな……。

ドラァグクイーンたちにお針子部屋を自由に見てもらって構わないと告げてから、ジャダは後ろ手に玄関の扉を閉めた。

「オーナーは今日は？」

営業用の明るい作り声が響《ひび》く。

どれだけ追い返しても、何事もなかったように現れる態度がふてぶてしい。

「オーナーは外出中。何回きても同じこと！」

長く話すのも腹立たしいので、極めて端的《たんてき》に言い返す。

だが男に挫《くじ》ける様子はなかった。

「それでは、お手紙だけでもオーナーに渡していただけますか。何度も郵便《ゆうびん》受けに入れていますが、読んでいただいている様子もありませんしね」

勝手に門をあけて中庭に入ってくるなり、男は封筒《ふうとう》と名刺《めいし》を突きつけてくる。

〝エンパイアホーム　代表　小峰幸也《こみねゆきや》〟

この名刺なら、何度も破《やぶ》り捨てていたので、本当は男の名前も知っていた。どれだけ追い返してもしれっと現れる幸也のしぶとさに、ジャダはほとほと呆《あき》れ果てていた。

年は自分より少し上だろうか。若いくせに、いつもオーダーメイドらしい身体《からだ》にぴったりの高そうなスーツを着ている。街ですれ違うだけなら、「あら」と眼をとめたくなる割といい男なのだが、ことのほか眼光が鋭《するど》い。

こういうタイプをジャダは知っていた。

高校時代、自分もつるんでいたグループに、この手の眼つきの男は多かった。

「だから何回も言ってんだろが、オーナーはここを売る気はねえんだよ」

男言葉に切り替え封筒を突き返そうとしたが、幸也は後に引こうとしない。

「そう言わず、とにかく一度、ちゃんと眼を通してみてくださいよ。これはね、お宅にとっても悪い話じゃないんですよ」

かろうじて敬語《けいご》を使ってはいるが、明らかに眼の色が変わっている。

高校時代なら、間違いなくタイマンが始まる直前だ。

ひと昔前は呑気《のんき》な郊外だったこの街も、新線の急行が停まるようになってから、急に不動産業が盛んになった。駅前の再開発が急ピッチで進められ、古くからある商店街が脅威《きょうい》にさらされ始めている。同時に、不動産業界には、商店街周辺の古びた一軒家や木造アパートを一掃《いっそう》し、高所得者向けの大型分譲マンションを建設する思惑《おもわく》があるらしい。

最初のうちこそ、ジャダの格好《かっこう》を見ただけで震え上がって逃げ帰る新人が周辺を回っていたが、最近では、幸也のように眼光の鋭い男が入り込んでくるようになっていた。

「率直《そっちょく》に言います。もうこの一帯のアパートの大家さんたちからは、こちらの要請へのご協力をいただいているんですよ」

一括《いっかつ》で立ち退《の》きに応じれば、大通りに面していないこの土地が、駅前と同じ価格《かかく》で売却《ばいきゃく》できるのだという。周辺の安アパートの大家たちは、現在の家賃《やちん》収入より遥《はる》かに割のいいこの話に、飛びつき始めてしまっているらしい。

「いつまでも話し合いに応じないなら、ここだけ残して、大型マンションが建つ可能性もあるんですよ。そうしたら、どうします？　ここ、日もささなくなりますよ」

幸也の口調が、脅《おど》しの色合いを帯びてきた。

「そんなことになったら、ここ、大通りに面してるわけでもないから、値段なんかつきませんよ。将来なにか起こったとき、どうします。下手《へた》すれば、担保《たんぽ》にもならなくなりますよ」

「うるせぇーっ」

ついにジャダは赤いウイッグを脱ぎ捨てた。

「先のことが怖くて、おかまが務まると思うか、バカヤローッ！」

角刈り頭をむき出しにして、啖呵《たんか》を切る。

「なに、なに、なんなの」

騒ぎを聞きつけたドラァグクイーンたちが、玄関の扉を押しあけた。

「いやだ、また、不動産屋？」

「地上げ屋でしょう？　しつこいわねぇ」「悪霊《あくりょう》ね、悪霊」

「ちょっと、あんた、あたしたちこの店がなくなると困《こま》るのよ」

玄関先にわらわらと現れたドラァグクイーンたちに、幸也が一瞬《いっしゅん》舌を鳴らす。

「とにかく、オーナーさんによろしく伝えてください」

ようやく幸也が踵《きびす》を返したとき、正直、ジャダはホッとした。

だが、門を出るなり、幸也はくるりと振り返った。

「また、きますよ」

獰猛《どうもう》な一瞥《いちべつ》を残し、幸也は足早に去っていった。


十一月の日没《にちぼつ》は早い。午後五時など、真夏であれば昼間のような明るさなのに、今は深夜の如《ごと》く真っ暗になっている。

ひとりになったジャダはお針子部屋で絨毯《じゅうたん》の上に座り、リネンの生地に刺繍枠《フープ》をはめて薔薇の刺繍を施《ほどこ》していた。花弁《かべん》の光沢《こうたく》を出すため、一枚一枚少しずつ違う色を刺《さ》す。例えばピンクの薔薇を仕上げるなら、濃いピンク、薄《うす》いピンクの他に、ラベンダーや薄紫《うすむらさき》の糸をそろえる。

綺麗に仕上げるコツは、必ず花弁の中心から針を入れることだ。中心から均等な放射線状になるようステッチを入れていく。このとき、風合いを出すため、長短のステッチを交互に刺すロングアンドショートステッチという手法を用いる。

ひと針ひと針丁寧に刺し、オーナーがデザインした下絵を糸で埋めていく。

ジャダは自他ともに認める、刺繡の名手だった。

学生時代はまるで集中力がなかったのに、こうして針を刺していると、簡単に周囲の雑音が消えていく。無心に糸を縫《ぬ》いつけているだけで、いつのまにか薔薇や蝶々《ちょうちょう》のような華麗《かれい》な紋様《もんよう》が出来上がっていくのが面白くて仕方がない。

あまり夢中になっていて、オーナーが帰ってきたことにも気づかなかった。

「お疲れ様。あら、エアコンもつけなくて、寒くないの？」

声をかけられてようやく我に返る。カーテンを引くのさえ忘れていた。

ニット帽をかぶったオーナーは、黒いセーターに焦《こ》げ茶色のオーバーを羽織り、臙脂色《えんじいろ》のチノパンを穿いている。首に巻いた長いマフラーが、百八十センチを超える長身に映えていた。

週一で店にやってくる、中年メタボオヤジの教師と同窓生だというのが信じられない。日本人離れした彫《ほり》の深い顔立ちに、引きしまった体軀《たいく》。

最初にこっちの姿を見ていたら、完全に惚《ほ》れていた。

だがもしそうなっていたら、それはどうあっても叶《かな》わぬ恋だ。

〝ジャダ〟の名づけ親でもあるオーナーは、自らを〝シャール〟と名乗っている。

ここで売っている妖艶《ようえん》なドレスの数々は、ほとんどオーナーのデザインによるものだ。オーナーが独学で服飾技術をマスターした背景には、自分のサイズのドレスが既製品で見つからなかったからという理由がある。

要するにシャールも、ジャダ同様、ドレスを纏《まと》う側だった。

ふとシャールの視線が、絨毯の上に投げられた封筒にとまった。

「エンパイアホーム、またきたのね」

「オネエさん、そんなの読む必要ないわよ」

ジャダの言葉に頷《うなず》きつつ、シャールは屈《かが》んでそれを拾い上げる。

「あの不動産屋、絶対、ヤンキー上がりよ。あたしには分かるわ」

刺繍枠を膝《ひざ》に置き、ジャダは鼻を鳴らした。

「でも働いてるなら、あなたと同じ。ちゃんと更生したってことでしょ」

「どうだか。要するに地上げ屋でしょう？　下手したらダンプで突っ込んでくるわよ」

「まさか。バブル期じゃあるまいし。最近の不動産会社は、そんな乱暴《らんぼう》なことしないわよ。あなたって若いのに、変なこと知ってるのね」

オーバーを脱ぎながらシャールが微笑《ほほえ》む。

「もうすぐ他のお針子さんたちもくるから、お茶を淹《い》れましょうね」

封筒を小脇《こわき》に挟み、エアコンのスイッチを入れるとシャールは部屋を出ていった。その背中を見送りつつ、ジャダはさっさと封筒を始末《しまつ》しておけばよかったと後悔する。

最近、シャールは忙しい。以前に比べ、昼間出かけることが多くなった。

〝姉〟と慕《した》う人に、これ以上の心労をかけたくはなかった。

やがて昼間の仕事を終えたお針子仲間たちが、三々五々部屋にやってきた。

「こんばんはー」「寒くなったわねぇ」「ごきげんよう」「お疲れ様……」

口々に挨拶《あいさつ》を交わし、それぞれが思い思いに作業に入る。

ジャダのようにまず鏡台の前に座って入念に化粧をするものもいれば、スカートを穿いてウイッグをかぶるだけで、顔にはまったく構わないものもいた。

男女という大雑把《おおざっぱ》な括《くく》りだけで分類するなら、ここにいるのは間違いなくそこからはみ出してしまった人たちだが、男にも女にも色々な人がいるように、世間的にはひと括りに〝おかま〟と呼ばれる自分たちの中にも、実際、何通りものタイプが存在する。

女性物の服を着るだけでリラックスできてしまう人。整形やホルモン注射《ちゅうしゃ》で、肉体もとことん女性に近づけないと心が休まらない人。一見、普通の男性とまったく変わらない人。中には妻子《さいし》がいる人もいた。

それでも全員に共通しているのは、この部屋に入った途端《とたん》、大きく深呼吸するように、肩の力が抜けることだ。

ここへやってくるお針子のほとんどは、勤め人だ。昼間はスーツに身を固め、会社に勤務している。昼下がりに店にやってきたような、ショーパブで歌ったり踊《おど》ったりしているドラァグクイーンは、トランスジェンダーの中ではむしろ少数派だった。

「まだ十一月に入ったばかりなのに、街はもう、クリスマス一色よ」

普通の会社員にしか見えないスーツ姿の中年男性が、ジャダに声をかけてきた。

「あら、ジャダさん、その刺繍すてきね」

「でしょう？　口金をつけてポーチにするのよ」

「あたしも、そんなポーチ欲しいわぁ」

普段、ジャダたちは他愛《たわい》のない会話しかしない。よほどのことがない限り、お互いの私生活を詮索《せんさく》したりしないし、シャールにつけてもらった通称で呼びあっているので、本名すら知らないことが多い。

けれどジャダは、〝クリスタ〟と呼ばれているこの男性が、ここを愛するあまり、近くのアパートに引っ越してきていることを本人の口から聞いていた。ジャダでさえ隣駅に住んでいるのに、なかなかの入れ込みようだ。

「ほら、あたし、独身だし、パートナーもいないし。そういう意味では身軽なのよ」

クリスタはそう言って照《て》れ笑いしていた。

髪が薄く小太りのクリスタは一見冴《さ》えないオッサンだが、その実、いつもスーツの裏側のポケットに、スミレのシルクフラワーを忍ばせているロマンチストでもあった。

いつしか部屋の中に、華麗《かれい》なピアノが響き始めていた。

シャールがステレオのスイッチを入れたらしい。

「ショパンの舟唄《ふなうた》ね。男装の女流作家、ジョルジュ・サンドとの仲が破局に向かいつつある時期に作られた名曲よ。ショパンの寂《さび》しさが胸に迫《せま》るわね」

涙《なみだ》をぬぐう真似《まね》をすると、クリスタは型紙に沿《そ》って生地の裁断《さいだん》を始めた。

ジャダも手元の刺繍に意識を戻す。

クリスタの話を聞いたせいか、ピアノのメロディーにはどこか哀切《あいせつ》な響きが漂っているように感じられた。ノリノリのハウスミュージックも好きだが、こういうクラシックも悪くない。

シャールに淹れてもらった仄《ほの》かに甘いシナモンジンジャーティーを飲みながら、裁縫《さいほう》好きの仲間と一緒に、居心地のいい部屋の中で、人目を気にせず好きな格好をして、心ゆくまで自分の得意な技を振るう。

ここで作られるドレスやアクセサリーは、すべて手製の一点ものだ。今では口コミで広がり、ドラァグクイーンたちの他に、スーパーで働くオバちゃんたちの社交ダンス愛好会からも注文が入る。決して裕福《ゆうふく》でない彼女たちが、ひとときの非日常のために、月賦《げっぷ》でドレスを買っていく姿を思い返すと、ジャダの作業にも熱がこもる。

所謂《いわゆる》セレブなんかのために作るより、普段地道に生活しているシンデレラのためにドレスやアクセサリーを作る方が、モチベーションが上がるというものだ。

それにこうしていると、昔入りたくてたまらなかった手芸クラブにいるような気がしてくる。

小学生のとき、ジャダは女子たちがやっているリリアン編みをやってみたくて仕方がなかった。でもそんなことを口にしたら、気味悪がられるに決まっていた。

快活《かいかつ》な男子が女子の真似をしてふざけるようなことが、自分にはできなかった。

物心ついたときから薄々感じていた衝動が、冗談《じょうだん》ごとで済まされる程度のものでないことを、未熟《みじゅく》ながら感じ取っていたからだ。

だから、いつも思いとは反対の方向へ無理やり足を踏《ふ》み出した。闇雲《やみくも》に足を突き出すから、いくつもの階段を踏み外し、気づいたときには自分でも制御《せいぎょ》できなくなっていた。

本当にやりたいことには手が出せず、どこへいっても地に足をつけることができず、何者なのか分からない己《おのれ》自身に、おおいに焦《あせ》り戸惑《とまど》った。

中学でさえ危うかったのに、高校に入ってからは、一層階段の踏み外しに拍車《はくしゃ》がかかった。

真っ逆さまに転げ落ちながら、自分のことも、家族を含めた周囲のことも目いっぱい傷つけた。

あのまま奈落《ならく》の底まで落ちていたら、一体どうなっていただろう。

そう考えると、今でも冷やりとすることがある。

もしあのとき、シャールと出会うことがなかったら。

否《いな》、〝出会い〟などという、生易《なまやさ》しいものではなかったか——。

ふと刺繡の手をとめたとき、扉の向こうから、なんとも香《こう》ばしい、いい匂いが漂ってきた。

「お腹《なか》すいたわね」

クリスタと眼が合った瞬間、思わず声が重なった。

「さあ、皆さん、お夜食ができましたよ」

ピンク色のボブウイッグをかぶり、艶《あで》やかなナイトドレスに着替えたシャールが、お針子部屋の扉をあける。

ここでのもうひとつのお楽しみ。

それは、シャールが毎回心を込めて作ってくれる、野菜たっぷりの賄《まかな》い料理の数々だった。

「そろそろあったかいスープが恋しい季節でしょう。さ、お店のほうへいらっしゃい」

シャールの誘《さそ》いに、お針子たちはいっせいに瞳《ひとみ》を輝《かがや》かせる。ジャダはクリスマスローズのシルクフラワーをあしらったバレッタをウイッグに飾り、クリスタと一緒に部屋を出た。

大鍋《おおなべ》にたっぷり作られたルビーのような色のスープに、ジャダもクリスタも歓声を上げた。

「ローズマリー風味のグリルドベジタブルと、冬ニンジン入りのポトフよ。焼き立ての雑穀《ざっこく》パンと一緒に、好きなだけ召《め》しあがれ」

湯気をたてているポトフには、皮つきのじゃが芋《いも》がごろりと入っていた。濃厚な豆乳《とうにゅう》で作ったデイル入りのクリームが添《そ》えられ、見ためにも美しい。柔《やわ》らかく煮込まれた玉葱《たまねぎ》や冬ニンジンが甘く、アクセントになっている大蒜《にんにく》の香りが食欲をそそり、酸味《さんみ》のある雑穀パンとの相性もぴったりだ。グリルした南瓜《かぼちゃ》や蓮根《れんこん》も、表面はカリッと香ばしく中はほくほくしている。

普段お世辞《せじ》にも誉《ほ》められたものではない食生活を送っているジャダだが、シャールが作ってくれる賄いは、日頃の後ろめたさを帳消《ちょうけ》しにしてくれる滋養《じよう》に満ちていた。

この賄いを目当てに集まってくる常連も増え、いつからかここは、夜は「マカン・マラン」という夜食カフェになっている。「マカン・マラン」というのは、インドネシア語で「夜食」という意味らしい。年に何度かバリ島に布地の買いつけにいくシャールが、かの地の屋台の夜食の美味《おい》しさに開眼《かいがん》して名づけたのだと聞いている。

夜の常連は、昼間のお店でドレスを買っていく客層とは違い、トランスジェンダーやダンス愛好家とは限らなかった。残業帰りの疲れ切った女性もいれば、近所の安アパートに住む独居《どっきょ》老人もいる。

いつもカウンター席にふんぞり返っている、シャールと同級生というメタボ教師は、暴飲暴食の後に、お茶だけを飲みにくることが多かった。

「あたしね、ここにくるまで、野菜ってあんまり食べなかったのよ」

南瓜を齧《かじ》りながら、クリスタが囁《ささや》くように声をかけてくる。

「マクロビとか話に聞くことはあっても、なんか、貧相《ひんそう》なイメージがあったのね。でも、シャールさんの料理を食べてみて、見方が百八十度変わったわ。すごくボリュームがあって、味わいも豊富だし、なにより、ちっとも胃もたれがしないのよ。美容にいいものが胃袋にも美味しいんだって、初めて気づかされたの」

クリスタはここへくるようになってから、小太りなりに顔つきがすっきりしてきた気がする。

「そう言えば、あなた綺麗になったわよ」

「ブスはブスなりにってことでしょ」

控えめに喜んだあと、クリスタは微《かす》かに眉《まゆ》を寄せた。

「でもね、最近ちょっと困ったことがあって……」

ようやく住み慣れてきたアパートの大家が、不動産会社を通して廃業を仄めかしてきていると聞かされ、ジャダはポトフを掬《すく》っていた匙《さじ》をとめた。

このアパート一帯の大家たちが、立ち退きの要請を受諾《じゅだく》し始めていると凄《すご》んだ、昼間の幸也の鋭い眼差《まなざ》しが浮かぶ。

「この間更新したばかりなのに、酷《ひど》い話よね。立ち退きなんてことになったら、また近くにアパート探さないといけないわ」

クリスタは、立ち退きの話がこの一帯を含める広範囲に及んでいることにまでは、気づいていない様子だった。

「それって、どこまで具体的な話なの？」

「さあ、どうなのかしら……」

思わずジャダが探りを入れると、クリスタは頬に手を当てた。

「アパートに入ったばかりのときは、優しいおばあちゃん大家さんが一階に住んでいて、色々話もできたんだけど」

その〝おばあちゃん大家さん〟が亡くなって以降、大家を引き継いだ息子《むすこ》夫婦とは、直接顔を合わせたことがないという。

「遠くに住んでるみたいだし、管理も契約《けいやく》も不動産会社に丸投げだもの。更新のときの契約書で、名前を見るくらいよ」

最近では、住人とのトラブルを避《さ》けるため、なにもかもを不動産会社任せにしてしまう大家が多いらしい。

「ねえ、その話……」

ジャダが言いかけたとき、突然、背後からそっと肩を叩かれた。

振り向けば、小柄な白髪《しらが》の老婦人が遠慮《えんりょ》がちに声をかけてくる。

「あの、そのバレッタ、私もいただきたいんですけど、商品になってます？」

老婦人は、ジャダがウイッグを束ねているクリスマスローズのバレッタを指さした。クリスタが精魂《せいこん》込めて作ったシルクフラワーのアクセサリーだ。

顧客の登場に、クリスタは一気に頰を紅潮させる。

「もちろんです！　もしよければお色から相談しましょうか」

クリスタが老婦人をソファに誘った。二人はすぐに打《う》ち解《と》け和《なご》やかに語らい始める。

ジャダはポトフを口に運びながら、ソファに並んで座っている二人の様子を眺《なが》めた。

優し気な老婦人は、ほぼ毎晩夜食を食べにやってくる、「マカン・マラン」開店当初からの常連だった。彼女もこの近辺のアパートに住んでいる、独居老人のはずだ。昼間に何度か、カラスにぶちまけられたポリバケツのごみを掃除《そうじ》している姿を見かけたことがある。

〝いつまでも話し合いに応じないなら、ここだけ残して、大型マンションが建つ可能性もあるんですよ〟

昼間の幸也の低い声が耳元をかすめた。

もし——。本当にそんなことになったら、安アパートに住んでいる彼女のような独居老人たちは、一体どこへいけばいいのだろう。

景気の上向きなんて、所詮《しょせん》、大企業に勤めている連中の間だけに流布《るふ》している都市伝説だ。自分を含めた低所得者たちには、なんの恩恵《おんけい》もありはしない。

それどころか、こんな郊外の路地裏にまで、地上げ屋がやってくる。

深夜にこの部屋のソファに身を沈め、夜食を食べている人たちを見ると、ジャダは時折、止まり木で羽を休めている渡り鳥を連想することがあった。

そこには、止まり木を失った鳥は大海に落ち、渦巻《うずま》く波に呑《の》まれてしまう。オーナーであるシャール自身の姿も含まれていた。

「そんなこと、させてたまるかよ……」

ジャダは小さく呟いていた。


十二月に入ると、街の風景が一変する。

厳密《げんみつ》に言うなら、風景ではない。人の動きが早くなる。まるでDVDを一・五倍に加速して見ているような感じだ。

小走りに横断歩道を行き交う着膨《きぶく》れした人の流れを眺めながら、いよいよ今年も押し詰まってきたのだとジャダはサイドブレーキを引く。

クリスマス、お歳暮《せいぼ》と、贈答《ぞうとう》シーズンを迎《むか》え、流通業も今が繁忙期《はんぼうき》だ。ジャダがバイトをしている小さな配送会社では、通常、早朝時間指定等の大手の手が回らない細かい仕事を請け負っているのだが、この時期だけは大手並みにお歳暮の配達が多くなる。

「しかし、眼が回るようだねぇ。不景気、不景気と言いながら、日本の会社はこういうところの経費削減《さくげん》は未《いま》だにしないものなんだねぇ。それとも日本経済は本当に上向いているのかねぇ」

助手席に座った仲本《なかもと》という中年男が、荷台を振り返った。

「あれ、全部、お歳暮でしょう？　ほとんどビールかジュースだよねぇ。これを一日中運ぶと、腰をやられないかなぁ」

仲本は、語尾を伸ばして喋るのが癖《くせ》のようだった。

通常、配達はひとりで行なうのが基本だが、仲本は今日がバイト初日なので、バイトとしては古株《ふるかぶ》のジャダの軽トラに同乗することになっていた。

先から不安そうに繰り言《くごと》ばかり言っている仲本は、勤めていた町工場が倒産《とうさん》し、職を失ったばかりだという。傘寿《さんじゅ》まで現役だった叩き上げの社長が入院した途端、それまで現場に一度もきたことのなかった長男がやってきて、あっさり工場の閉鎖《へいさ》を告げたらしい。

「薄情なもんだよねぇ。親父《おやじ》さんが一生涯《いっしょうがい》かけて経営してきた工場に、息子はなんの未練もないんだから。さっさと更地《さらち》にして、相続税《そうぞくぜい》をかけられる前に売っぱらうつもりでもいるんだろうねぇ」

「はあ」

「なんだかんだ言って、工場は都内にあるから、買い手もつくだろうしねぇ」

「はあ」

ジャダは覇気《はき》なく繰り返す。この姿でいるときは、どうもテンションが低くなる。

「ところで、黒光君はこのバイトを始めてどれくらいになるの？」

「もう五年くらいになりますかね」

そう答えた途端、仲本が眼を丸くした。

「えっ！　五年も勤めてて、まだバイトなの？　俺、騙《だま》されたのかなぁ。面接のとき、半年も続ければ、契約社員くらいにはなれるって言われたんだけど」

「ああ、自分、シフトあまり入れないんで、バイトのままのほうが都合いいんですよ。割と自由にさせてもらってるんで……」

この先結婚をするつもりは毛頭ないし、自分ひとりの面倒を見るだけなら、今のままのほうが有難い。なにせ、今の自分は〝世を忍ぶ仮の姿〟なのだから。

「成程。黒光君には、なにか他にやりたいことがあるんだねぇ」

ジャダの本音を知らない仲本は、勝手に納得してくれた。

「なんか、音楽とかやってそうな雰囲気《ふんいき》だもんねぇ」

「いや、それはないっすよ」

まさか、ドレスの刺繍やアクセサリー作りだとは言えない。

「若いっていいねぇ」

「自分、そんなに若くないっすよ。そろそろ三十になりますし」

「三十ならいいよ、俺なんて、もう、四十だよ」

仲本は俯《うつむ》いて本格的にぼやき始めた。

「このままじゃ結婚だってできないし、先のことを考えると、本当に不安になるよ。四十間近になってから、再就職先探すのってきついよぉ。やっぱり東京生まれは得だよなぁ。なんたって、実家が資産になるんだもんなぁ」

「自分、東京生まれですけど、実家、賃貸《ちんたい》っすよ」

仏頂面《ぶっちょうづら》で言い返すと、仲本は頭を掻《か》く。

「そ、そうか。それは失敬。都内で持ち家持ってるのは、結局、団塊《だんかい》世代までだもんな。黒光君のご両親はもっと若いもんなぁ。……とはいえ、俺の実家、茨城《いばらき》だから。茨城っていっても、筑波《つくば》とかじゃなくてさぁ。もう、完全に過疎《かそ》っちゃってて、あんなところに土地があっても、資産どころか、あれに相続税なんてかけられたらと思うと……」

仲本の繰り言を聞いているうちに、ジャダは段々胸の中がもやもやしてきた。

ふいに、先週出会った無精髭《ぶしょうひげ》の男の顔が浮かぶ。

「もし都内に土地があったら売りますか？」

自分でも気づかぬうちに、そう尋《たず》ねていた。

「そりゃ、高く売れるなら、売るでしょう！」

仲本が即答したのと、長い信号が青になったのは同時だった。

サイドブレーキを外し、ジャダは軽トラを発進させる。

「あー、そうだよなぁ。誰だって楽して暮らしたいんだもんなぁ。社長の息子を薄情呼ばわりする権利、俺にはないかぁ」

仲本の嘆息《たんそく》を聞き流しながら、ジャダは先週の出来事を思い返していた。

十一月の最終週。配送のバイトを終え、いつものように店番に出向いたときのことだ。

すっかり紅葉したハナミズキが、中庭に落ち葉を散らし始めていた。軽く落ち葉を掃《は》いてから商品を出そうと思い、女装する前に箒《ほうき》と塵取《ちりと》りを持って戻ってくると、門の前にもっさりとした見知らぬ男が立っていた。

「……この店の、オーナーさんですか」

パーカーにジャージパンツの男は、不動産業には見えなかった。弛《ゆる》んだ顎には無精髭が浮いている。

「いえ、店番ですけど」

「それじゃ、この手紙をオーナーさんに渡してもらえますか」

男は門をあけて入ってくるなり、ジャダに一通の封筒を差し出した。強引な割に、決してこちらの眼を見ようとしない。

「どちらさまですか？」

尋ねたジャダの手に封筒を押しつけ、男は一目散に表へ出ていってしまった。

もしかして――。〝おかま苦情〟か。

一方的な態度に、最初はそう思った。その手の恐怖症《フォービア》を持つ人は、残念ながら世間に間々存在する。

けれど、そうではなかった。

差し込んでくる西日に眼を眇《すが》め、ジャダはハンドルを切る。

悩んだ末開封した手紙には、フォービア以上に厄介な苦情が書き込まれていた。

男は、近所のアパートの大家だった。

地上げで値がつくうちに土地を売却したいと考えている男は、シャールの店にねばられていることを迷惑だと思っている。これは近隣アパートの大家たちの総意である――。

そうしたことが、ワードプロセッサーでＡ４サイズの紙にだらだらと印字され、最後に〝代表　木之元《きのもと》〟という署名《しょめい》があった。

おそらく、エンパイアホームの小峰幸也にそそのかされたのだろう。

シャールに見せるのが忍びなくて、その手紙は今でもジャダが持っている。

あいつ――。

最近姿を見せなくなったと思ったら、周辺の大家連中を懐柔《かいじゅう》していたらしい。

こうしてじわじわと真綿《まわた》で首を締《し》めるように、自分たちを追いだすつもりでいるに違いない。

「ざけんなよ！」

つい声に出して凄んでしまった。すかさず助手席の仲本が慄《おのの》いてこちらを見る。

「あ、なんでもないっすよ」

ジャダはすぐに愛想笑いを浮かべてみせたが、仲本は完全に凍《こお》りついていた。

夕刻、ジャダが自転車に乗って商店街を走っていると、買い物客を蹴散《けち》らすようにＢＭＷが我が物顔で走ってきた。

ったく、どこのどいつだよ。この買い物時間に――。

運転席をにらみつけ、ジャダはハッとした。

スーツを着込んだ幸也が、周囲を睥睨《へいげい》しながらハンドルを握《にぎ》っている。その手元に分厚い金の腕時計がのぞいていた。

一瞬、中指でも立ててやろうかと思ったが、どこにでもいるダウンジャケット姿のジャダに、相手はまったく注意を払っていなかった。

あっという間に通り過ぎていくＢＭＷを見送り、ジャダは大きく舌打ちした。

車はＢＭＷ、腕時計はロレックスって、べた過ぎだろう。

あいつ、意外に、地方のヤンキー上がりかも――。

商店街の外れまでくると、ジャダは自転車を降りた。

いつもの細い路地を自転車を引いて入っていくと、あの白髪の老婦人が箒で落ち葉を掃いているのが眼に入った。真っ白な髪を、薄紫色のクリスマスローズを飾ったバレッタで束ねている。

「ちわーす」

アポロキャップのつばを上げて声をかければ、箒の手をとめてきょとんとしている。

「あたしよ、あたしぃ！」

しなを作ってみせると、ようやく分かったようで、老婦人はみるみるうちに顔をほころばせた。

「ジャダさん？」

「そうよー。今は世を忍ぶ仮の姿だけど」

クリスタの作ったシルクフラワーのクリスマスローズは、老婦人の白髪にことのほかよく似合っていた。

「そのバレッタ、すごくすてきよ」

「まあ、嬉しい」

老婦人は乙女《おとめ》のように頰を染《そ》めてはにかむ。

「今度はお正月に向けて、簪《かんざし》を作っていただきたくて。今年は久しぶりに和服を着てみようかと思ってるの」

「あら、それもいいわね」

「年末くらいは少し贅沢《ぜいたく》をしてもいいかと思って。でも本当に、今年ももうすぐおしまいね。十二月に入ると、あっという間」

「まったくよね」

「年をとると一年が早いわ。私はひとりだし、特別、なにをしてるわけでもないんだけど」

毎晩のように夜食を食べにくる老婦人には、恐らく家族もいないのだろう。

「でも私、シャールさんがお正月に作ってくれる、あのスープが今から楽しみで、楽しみで……」

ふと浮かんだ寂しげな表情をかき消すように、老婦人が笑みを浮かべた。

そういえば――。

もうそんな季節なのだ。

お正月もひとりで過ごす独居老人や、行き場のないトランスジェンダーのために、シャールは元旦から店をあける。その日は、年末から時間をかけて仕込んだ特製のスープが振る舞われるのだ。

「あのスープ……」

思い返しただけで、生唾《なまつば》が湧《わ》いてくる。

「美味しいわよねぇ！」

ジャダは老婦人と声を合わせて、同時に身もだえした。

それから二言、三言言葉を交わすうちに、ジャダはふと、老婦人のアパートでもクリスタのところのように「退去勧告《かんこく》」を仄めかす動きがあるのだろうかと気にかかった。

よっぽど確かめてみようかと思ったが、もし知らなければ、無闇に不安がらせることになってしまう。自主的にアパートの前の掃除をしている老婦人にそんなことを知らせるのは、酷《こく》なようにも思われた。

「じゃあ、またあとで、店でね」

結局、ジャダはなにも確認せずに老婦人と別れた。

中庭に自転車を引き込み、玄関の扉をあける。

「オネエさーん、遅《おそ》くなってごめーん」

声をかけながら厨房《ちゅうぼう》を覗《のぞ》くと、ギャルソンエプロンをかけたシャールが妙な表情で、白い発泡《はっぽう》スチロールのボックスを見つめていた。

「どうかしたの？」

潮《しお》の匂いが鼻をつく。

「あら、ジャダ、きてたの」

ぼんやりしていたシャールは、今初めて気づいたようにジャダを見た。

シャールがあけてみせた発泡スチロールの中身に気づき、ジャダは「わっ」と声をあげる。

「どうしたの、これ、凄いじゃない！」

氷の詰まったボックスの中には、殻《から》つきの大きな牡蠣《かき》がぎっしりと重なり合っていた。

「今朝獲《けさと》ってきたばかりなんですって」

「もしかして、差し入れ？」

「うん、まあ、そんなところね」

良心的な価格で賄いを振る舞うシャールのもとに、こうした差し入れが届けられるのは珍《めずら》しいことではない。

だが、なぜかこの日のシャールは妙に浮かない顔をしていた。

「オネエさん……？」

「とりあえず、むいちゃいましょうか」

ジャダが口を開きかけたのを遮《さえぎ》るように、シャールは小振りのナイフを手に取る。

「手伝ってくれる？　怪我すると困るから、ちゃんと手袋をつけてね」

ビニール手袋とナイフをてきぱきと渡され、ジャダは口をつぐんだ。

もしかして――。

ジャダの胸がどきりと波打つ。

近所のアパートの大家たちが手を組んでこの一帯を売り払おうとしていることに、シャールは気づいているのではないだろうか。〝木之元〟からの手紙が入ったままになっている、フリースのポケットが急に重くなる。

「半分は豆乳のオイスターチャウダーにして、後の半分は殻つきのまま焼き牡蠣にしましょう」

ジャダの懸念をよそに、シャールはもう、晴れやかな表情をしていた。

冷たい霧雨《きりさめ》が降る中を帰ってくると、ジャダは真っ先に電気炬燵《ごたつ》のスイッチを入れ、その中に滑り込んだ。冷え切っていた足がじわじわと温まり、思わず深い溜《た》め息《いき》が漏《も》れる。

エアコンでもなく、ストーブでもなく、暖をとるのに炬燵に勝るガジェットはないとつくづく思う。一度入ったら、二度とそこから動きたくなくなるのが、難点といえば難点だが。

テーブルの上にあった蜜柑《みかん》を手に取り、ジャダはしばし、降り続いている雨の音に耳を傾けた。雨の降る夜は、しんしんと底冷えがする。

ここ数日、シャールは昼の店も夜の店も閉めている。年末で雑用が立て込み、しばらく留守《るす》にするのだという。

好きな裁縫ができないのも、賄いを食べられないのも至極《しごく》残念だが、元々店はシャールの都合に合わせた不定休制なので、こうしたことがあるのは仕方がない。

それにしても、先週の賄いは豪華《ごうか》だった。今思い返しても生唾が湧く。

新鮮《しんせん》な牡蠣は身はぷりぷりで味は濃厚《のうこう》。チャウダーも勿論美味しかったが、熱々の焼き牡蠣に、スダチを絞り一気に頬張ったときの興奮が忘れられない。海の旨《うま》みを凝縮《ぎょうしゅく》した牡蠣のミルクが口いっぱいに溢《あふ》れ出て、脳髄《のうずい》が痺《しび》れた。あれこそ、口福《こうふく》というものだ。

その後も、無農薬の林檎《りんご》、焼いただけでスイートポテトのような味のする安納芋《あんのういも》、旬《しゅん》の寒鰤《かんぶり》等、豪華な差し入れが続き、シャールもおおいに腕を振るい「マカン・マラン」の常連客を唸《うな》らせた。差し入れ主が誰かは知らないが、なかなか食のセンスのある送り主だ。

ただあんな食事が続いてしまうと、ひとりになったときの夕食がなんとも侘《わび》しく感じられる。

それでも、さすがになにも食べないわけにはいかない。

フリースに手を突っ込んで立ち上がろうとした瞬間、ジャダは指先に紙の感触を覚えてぎょっとした。

木之元から渡された手紙のことを、すっかり忘れてしまっていた。

だが、最近は、幸也の姿も見ていない。シャールもなにも言っていないし、もしかしたら、立ち退きの話は立ち消えになったのかもしれない。

そう考えると、少し気が楽になった。

ジャダは狭い台所に立ち、煮干しを手に取った。

いつも簡単な料理しかしないが、シャールに倣《なら》い、出汁だけはちゃんととるようにしている。

水を張った鍋に煮干しとカツブシを入れながら、ジャダはふと出し殻のおこぼれに与《あずか》りにやってくる、キジトラの猫のことを思い出した。

こんな冷たい雨が降る夜、野良猫たちはどこでどうしているのだろう。ここ数日お店も閉まっているから、難儀をしているかもしれない。

明日は仕事帰りに餌だけでも置きにいってやろう。

沸騰《ふっとう》し始めた鍋を見つめ、ジャダは心にそう決めた。


翌日の夕刻、ジャダはスーパーでキャットフードを買って、商店街の外れに向かった。

裏路地を歩いていくと、店から灯《あか》りが漏れている。留守にしていたシャールが帰ってきたのだろうか。それなら、ひと言連絡《れんらく》をくれてもよさそうなものだが。

「オネエさん……?」

玄関の扉をあけ、三和土《たたき》の上に男物の革靴《かわぐつ》が置かれているのに気がついた。

客——?

そのとき奥から響いてきた聞き覚えのある声を耳にとめ、ジャダはスニーカーを脱ぎ飛ばして廊下に駆け上がった。

「てめえ、勝手に入り込みやがって……!」

勢い込んで部屋の扉をあければ、カウンター越しに向かい合っていた二人が驚いたようにジャダを見た。

思った通り。

ノーメイクのシャールと向かい合っているのは、相変わらずいやみなほど身体にぴったりとしたスーツを着た小峰幸也だ。

カウンターの上には何枚かの書類が並べられ、今まさに、シャールがそこにサインをしようとしているところだった。

「ちょっと、オネエさん、一体、なにしてるのよ！」

ジャダは駆け寄り、カウンターの上の書類をなぎ払う。ばらばらと床に散る書類に、幸也が血相を変えた。

「あんたこそ、突然、なんなんだ！」

驚きと怒りの入り混じった表情で、幸也がジャダを見返す。女装していないジャダのことが、誰だか分かっていない様子だった。

「おととい きやがれ、このどぐされ不動産屋！」

その啖呵に幸也は眼を見開く。

「お前、いつものおかまヤローか」

「うるせえっ、お前、オネエさんにどんな脅しをかけたんだっ」

「こっちは普通に商売してるだけだ。邪魔をするな。おかしいのはお前のほうだろうが」

「黙れ、地上げ屋！」

それまでのすべてをなげうって手に入れたこの店を、シャールが自ら手放そうとするはずがない。今までだって、どんなにしつこく訪《たず》ねてこられても、頑として取り合うことがなかったのだ。

そのシャールが突然商談に応じるなんて、余程の弱みを握られ、強請《ゆす》られているとしか思えない。

書類を拾い上げようとする幸也に、ジャダは飛びかかった。書類を奪って引き裂こうとすれば、幸也の顔にも本気の怒りの色が浮かぶ。

「なにすんだ、このおかまヤロー」

「うるせえ、お前が汚い手を使ってることくらい、こっちはお見通しなんだよ」

「いつ俺が汚い手を使った？」

書類を取り戻そうと、幸也はジャダにつかみかかった。ジャダも負けじと応戦し、あっという間に大の男同士の取っ組み合いとなる。

「木之元たちをそそのかしただろう」

「はあ？　なに言ってやがる。うまい話に飛びついてきたのは、あっちのほうだぞ」

「お前、追い出される人たちの気持ち、考えたことあんのかよ」

「そんなこと、俺の知ったことか」

ぐちゃぐちゃになった書類を取り合い、ついには足を滑らせ、二人そろって床に叩きつけられた。幸也のシャツのカフスボタンがはじけ飛ぶ。

「いってぇーな、畜生《ちくしょう》！」

完全に頭にきたらしく、幸也は悪鬼《あっき》の如く顔を歪《ゆが》めると、ジャダの胸倉をつかんで床に押さえ込んできた。

「不動産業は慈善《じぜん》事業じゃない。お前らのようなゴミがどうなろうが、俺の知ったことか。所詮、この世界は弱肉強食なんだよっ」

ジャダに馬乗りになったまま、幸也が大声でがなりたてた。

そのとき。大きな拍手が響いた。

我に返って顔を上げると、シャールが呆れ果てたような表情で手を叩いている。

「そのとおりね。あなたが言うとおり、この世は元々不公平なものよ」

シャールは腰に手を当て、虹色《にじいろ》のターバンを巻きつけた頭を傾げた。

「でもね、ここはまだあたしの店なの。その店で、大の大人が取っ組み合いの大喧嘩《おおげんか》とか、やめてもらえないかしら。ここにあるものは、家具から小物まで、あたしが買いつけてきた一点ものばかりなのよ」

カウンターの上の真鍮《しんちゅう》の蛙《かえる》や蠟燭《ろうそく》が転げ落ちていることに気づき、ジャダもさすがにきまりが悪くなる。胸倉を押さえつけてきていた幸也の体からも、力が抜けた。

どちらからともなく離れると、ジャダと幸也は顔を背けたまま立ち上がった。

「まったく、あなたも相変わらず血の気が多いわね」

シャールがやれやれと首を振る。

「でも、オネエさん……！」

それでもジャダはやはり納得がいかなかった。

「急にこいつの言いなりになるなんて、一体どういうこと？」

「そうね」

必死に言いつのるジャダに、シャールは静かに眼差しを向ける。

「あなたにひと言も相談しなかったのは、あたしが悪かったわ。ただね、世の中にはどうにもできないことってていうのもあるの」

「どうして？　ここはオネエさんが苦労して手に入れた店でしょう」

「そうだけど、あたしが持っているのは、ここの借地権《しゃくちけん》だけなのよ」

「借地権……」

聞き慣れない言葉に、ジャダは口をつぐんだ。

「東京の土地は、借地権と地権《ちけん》が分かれていることが多いのよ。あたしが借地権を買ったオーナーさんはもう亡くなられていてね、その方のお姉さんが、ここ一帯の地権を持ってる本当の地主さんなの」

「その地主さんは、木之元氏の親戚《しんせき》だ」

幸也に後を続けられ、ジャダは完全に言葉を失った。

「分かったでしょ」

茫然《ぼうぜん》と立ち尽くすジャダに、シャールは頷いてみせる。

「地主さんの意向となれば、あたしひとりが頑張ったところで仕方がないわ」

「そんなことない！」

シャールの頬に浮かんだ寂し気な笑みを打ち消したくて、ジャダは叫んだ。

「アパートに住んでるクリスタやいつもくるお婆《ばあ》さんたちと一緒に、地主に抗議《こうぎ》すればいいじゃない。こんなのあまりにも一方的すぎるわよ」

「アホか」

幸也が鼻を鳴らして笑う。

「お前らの抗議が一体なんになる。ぼろアパートが並んだ小汚い土地が、今なら破格《はかく》の条件で売れるんだぞ。元々親から譲ってもらった土地に胡坐《あぐら》をかいて、ろくに働いてこなかった連中が、こんな千載一遇《せんざいいちぐう》のチャンスを見逃すものか」

瞬間、無精髭を生やした、木之元の覇気のない様子が頭に浮かんだ。

東京生まれは、実家が資産になる。高く売れるなら、売る。

誰だって楽して暮らしたい——。

聞き流していたはずの仲本の言葉が次々と甦《よみがえ》る。

「俺は別に汚い手なんか使っていない。すべてはここの住人が、自分たちで決めたことだ。分かったか、おかまヤロー」

引きちぎられたカフスボタンを拾おうと、幸也が身を屈めた。

「ち……」

ジャダの体が震え出す。

「畜生ーっ！」

気づいたときには再び躍《おど》りかかってしまっていた。

畜生――。

この世界は本当に弱肉強食だ。こうやって、色々なものが強いものにばかり吸い取られる。けれどその片棒を担いでいるのは、どこにでもいる小市民だ。目先の小さな損得《そんとく》をちらつかされれば、矜持《きょうじ》なんて簡単に売り払う。

八つ当たりと分かっていても、当たらずにはいられなかった。

木之元も、この男も大嫌いだ。

「なにしやがる、このおかまっ」

隙《すき》を突かれた幸也のほうが、今度は床に組み敷かれた。互いの腕をつかみ合い、ごろごろと床を転がる。あちこちのテーブルや椅子《いす》がひっくり返ったが、構ってはいられなかった。

「いい加減に、しろぉおおおおっ‼」

突然、ものすごい怒声が部屋中に響き渡り、ジャダも幸也もぴたりと動きをとめた。

恐る恐る顔を上げれば、シャールが仁王《におう》のような形相で立ちはだかっている。

「人の店で暴れるなと言ってんだろうが！」

男丸出しになったシャールを見るのは、ジャダも十年ぶりだった。昔テレビで見た、大魔神《だいまじん》にそっくりだ。

「まったく……」

完全に凍りついているジャダと幸也を眺め、シャールが盛大に溜め息をつく。

「エンパイアホームさん、今日のところは契約はなしにしましょう。妹分と今晩きちんと話し合うから、悪いけど、新しい契約書を送りなおしてちょうだい」

床に落ちた契約書は既にズタズタで、最早使い物になりそうにない。

「二人とも、店をきちんと元通りにしなさい。エンパイアさんも、それまで帰っちゃダメよ」

そう言いつけると、シャールはくるりと踵を返し、カウンターの奥に消えていった。

滅茶苦茶になってしまった店内を見て、ジャダも肩を落とす。

傍《かたわ》らの幸也が舌打ちして立ち上がった。幸也がひっくり返ったひとりがけソファを起こし始めたので、仕方なくジャダも手を貸した。

「案外、殊勝《しゅしょう》なんだな」

「はあ?」

幸也が思い切り目を眇める。

「ふざけんな、こっちは契約がかかってんだ。それまでの辛抱だ、ヴァ――――カ!」

「なっ……」

こいつ、やっぱり絶対元ヤンだ――。

互いにメンチを切り合ったが、これ以上暴れるのはさすがに憚《はばか》られた。

観葉植物の鉢《はち》が転がり、あちこちに土がぶちまけられてしまっている。結局、掃除機を持ち出して、本格的に掃除をするはめになった。

ジャダと幸也は顔を背け合い、黙々と作業を進めた。

真鍮の蛙の置物をカウンターの上に載せ、ジャダはふと鼻をうごめかせる。カウンターの奥から、懐《なつ》かしさを誘う甘辛い匂いが漂ってきた。

空っぽの胃がぐぅと音をたてる。

この日は配達が忙しくて、昼も運転の傍ら、ゼリー飲料を飲んだだけだった。

「どう？　ちゃんと元通りになった？」

お盆を手にして戻ってきたシャールが室内を見回す。

「上出来じゃないの」

満足げに頷くと、シャールはカウンターの上に三人分の箸を置き始めた。

「ちょっと、オネエさん！　こんな奴《やつ》にも食べさせるつもり？」

「冗談じゃない。俺はこれで帰りますよ」

まったく同時にあがったジャダと幸也の声を遮り、シャールが首を横に振る。

「ダメよ。契約が欲しいなら、小峰さんもここで食べていきなさい」

「オネエさん！　いくらなんでもどうかしてるわ」

「こっちこそ、おかまの手料理なんて、願い下げだ」

再び同時に声をあげた途端、「お黙り！」と一喝《いっかつ》された。

「あたしはね、昼の店も夜の店も利用していない人から、差し入れをもらいっぱなしになるのは嫌なのよ。それがあたしのポリシーなの」

「え……？」

それでは――。

豪華な差し入れの送り主は、幸也だったのか。

「分かったなら、つき合いなさい。でも、悪いけど、今日はいつもの賄いとは違うわよ。本当に自分のためだけに用意した夕食だから、えらいこと粗食《そしょく》よ」

カウンターの上に載せられたのは、ほうれん草のお浸《ひた》し、里芋《さといも》と油揚《あぶらあ》げの味噌汁《みそしる》、それからおからの煮《に》つけだった。

甘辛い匂いの正体は、炊《た》きたてのおからだ。

幸也はカウンターの上の料理をじっと見ている。

「小峰さん、あなた、若いのに相当《そうとう》の食通みたいだけど、たまにはこういうのもいいでしょ。契約が欲しいなら、あたしのポリシーに合わせてちょうだい」

契約のためと割り切ったのか、幸也はいきなり箸を取り、自棄《やけ》になったように食べ始めた。

だが、おからをひとくち口にした瞬間、それまで詰め込むように運んでいた箸がとまった。

幸也の口から長い溜め息が漏れる。

こいつ、おからなんて貧乏人の食べ物だって、バカにしてんじゃないだろうな――。

ジャダは不愉快《ふゆかい》になって、幸也から眼をそらした。

それからは、三人会話もせず、黙々と箸を口に運んだ。

炊きたてのおからは素朴《そぼく》ながら滋味《じみ》深い味わいで、五分搗《づ》きの玄米《げんまい》ご飯との相性が抜群だった。けれど、幸也がおからを口に運ぶたびにいちいち漏らす溜め息が気になって、ジャダは純粋に食事を味わうことができなかった。

どんなに美味しい料理でも、食卓を囲む相手によって享受《きょうじゅ》できなくなることを、ジャダはこの日思い知らされた。

「オネエさん、本当にここを手放して平気なの？」

幸也が去り二人きりになった部屋で、ジャダはお茶を淹れてくれているシャールの背中に問いかけた。

「仕方がないでしょう。周囲がどんどん更地になったりしたら、いくらあたしでも、上機嫌で店をやってはいられないわ」

諭《さと》すようなシャールの言葉に、ジャダはなぜか胸騒ぎを覚える。

「嘘《うそ》……！　オネエさん、なにか隠してる」

そのとき、硝子をひっかく音がした。

中庭にやってきたキジトラの猫が、餌をねだって鳴いている。シャールが硝子戸をあけてやると、ひらりと部屋の中に入ってきた。

キャットフードを買ってきたことを思い出し、ジャダは立ち上がり、猫用の皿にそれを出してやった。ところが猫はふいっと横を向く。

「あら、なんで食べないのよ」

そういえば――。

先週、差し入れの鰤の切れ端を散々食べさせてしまったのだ。猫は大喜びし、うにゃうにゃ唸り声をあげながら食べていた。あれに味をしめて、キャットフードにそっぽを向くようになったのか。

キャットフードしかないことを悟《さと》ると、猫は平気で外に出ていこうとした。

「なんだよ、こいつ」

おからに溜め息をついていた幸也の姿と重なって、ジャダはむかっ腹が立ってきた。猫の尻を捕まえ、動けないようにする。じたばたする猫を押さえ込んでいると、ふいに背後でシャールがなにかを言った。

「……してたのよ」

瞬間、ジャダは凍りつく。

力の抜けた手からするりと抜け出し、硝子戸の隙間から猫は闇の中へ駆け出していった。


銀杏《いちょう》並木はすっかり葉を散らし、道路のあちこちに落ち葉の吹き溜まりができている。

午前九時のプラチナ通りは、通勤の人たちの姿も落ち着き、長閑《のどか》な静けさに包まれていた。

犬を連れた人たちがテラスで優雅にお茶を飲んでいるお洒落《しゃれ》なカフェを後目《しりめ》に、ジャダはアポロキャップを目深にかぶり、携帯《スマホ》の地図《マップ》を頼りに白金《しろかね》の裏路地へと入っていった。

やがて、白金にもこんなところが残っていたのかと驚くほど古ぼけたアパートに行き当たる。

埃《ほこり》をかぶった郵便受けには、部屋の番号があるだけで、個人名は記されていない。

だがシャールに託された契約書の住所を確認すると、やはりここだ。

オートロックどころか、エレベーターもない古いアパートに入り、ジャダは五階まで階段を上った。突き当たりの錆《さ》びついた鉄扉。

住所が正しければ、ここがエンパイアホームということになる。

呼び鈴を鳴らしたが、反応がなかった。配達時に感じる拒絶感に襲《おそ》われる。

もう一度呼び鈴を押したがやはり無反応だ。

本当に留守なのかもしれないと思いつつ、三度目の呼び鈴を押したとき、鉄扉の向こうに人の気配がした。

「なんだよ、うるせえな！」

扉の向こうに現れた人の姿に、ジャダは軽く息を呑む。

完全に寝起きと思われる男が、トレーナーの上にくたびれたフリースをひっかぶり、驚いたようにこちらを見ていた。

「……一体、なんのつもりだよ」

寝癖だらけの髪を掻きむしり、男が不快《ふかい》そうに舌打ちする。

見慣れた姿とのあまりの違いに、一瞬別人かと思ったが、男はやはり小峰幸也だった。

ジャダが黙って契約書の入った封筒を見せると、幸也は大きく息をついてチェーンを外した。

「エンパイアホーム」の実体は、ジャダが住んでいるアパートの一室とほとんど変わらない六畳一間の男所帯だった。

「なにが代表だよ。他に誰もいねえじゃんか」

「うるせえよ」

ゴミを蹴散らして歩く幸也の後に続き、ジャダも部屋の中に入った。

テーブルの上のノートパソコンが唯一《ゆいいつ》の事務道具で、あとは万年床にまで、ビールの空き缶やコンビニ弁当《べんとう》の食べ殻が散乱している。壁に無理やり押しつけたぼろぼろのソファには、クリーニング袋をかぶったままのスーツが何着も放り出されていた。

「本当に詐欺師《さぎし》だな。ある意味感心するよ」

「俺がいつ、人を騙したよ」

開き直ったように、幸也が鼻を鳴らす。

「勝手に思い込むのはお前らのほうだろ。港区《みなと》や中央区《ちゅうおう》には、こういうペーパーカンパニーが結構多い。それというのも、住所を見ただけで、顧客がそこを一等地だと思い込むからだ。スーツもレンタルだし、車もただのシェアカーだ。それのなにが悪い」

吸い殻が山盛りになっている灰皿を引き寄せ、幸也は煙草《たばこ》に火をつけた。

「ちょっと、吸うなら窓開けてよね」

「その格好で女言葉になるな、気色悪い」

不愉快そうに顔をしかめながらも、幸也は一応窓をあけた。

「信用を勝ち取るのなんて簡単だ。いい服着て、いい車乗り回して、センスのいい贈り物でも持参してみせれば一発だ。全部見かけが大事なんだよ」

隣接《りんせつ》する大型マンションの壁しか見えない窓だった。

「で？　今度はちゃんとサインしてきたんだろうな」

ジャダが無言で封筒を差し出すと、幸也はそれをひったくった。封筒を開いて中身を検《あらた》め、満足そうな笑みを浮かべる。

「……お願いがあるんだけど」

「俺のほうはもうないね。さっさと帰りな、おかまヤロー」

投函で済むところ、わざわざ訪ねてきたジャダを、幸也はすげなく追い返そうと掌《てのひら》を振った。

「なんですって……！」

「おっと、暴れるなよ。ここで暴れたら、不法侵入で通報してやるからな」

「ここの写真を撮りまくってSNSに流してやるわ」

ジャダは携帯をカメラモードに切り替えてかざしたが、幸也は一向に怯《ひる》まなかった。

「勝手にしろ。どうせ、エンパイアホームなんてのは、今回の地上げのためのペーパーカンパニーだ。やり逃げと一緒だよ」

「あんたって、本当に最低ね！」

床に落ちているグラビア雑誌を投げつけようとした瞬間、てらてらとした黒い虫がゴミの中からはいずり出てきた。

「うわぁあああっ！」

するとそれまで強気一辺倒だった幸也が、信じられない程情けない声をあげた。ちょろちょろと逃げ回るゴキブリは、なぜかその幸也に向かって一直線に走り出す。

「ぎゃぁああああああっ‼」

途端に幸也が壁に張りつき顔面蒼白《そうはく》になった。

ジャダは雑誌を丸めると、狙いを定めて一発で仕留めてみせた。

幸也がずるずると壁伝いに崩《くず》れ落ちる。

「あんたって、本当に見かけ倒しね」

「うるせえ、昔からその虫だけは苦手なんだよ……」

「だったら、部屋をもっとキレイにしなさいよ」

ジャダがゴキブリをティッシュに丸めている間、幸也はきまり悪げに下を向いていた。

「あんた、どうせたちの悪い元ヤンでしょ?」

「お前だってそうだろ」

同種の匂いを嗅ぎ取っていたのは、ジャダだけではないようだった。

「でも一緒にすんなよな。ヤンキーからおかまってのは、一体どういう神経だよ。俺みたいな地上げ屋のほうが、まだ一般的だろうが」

「一般的もなにもないわよ」

幸也の妙な言い草に、ジャダは苦笑した。

「確かにあたしも昔はろくなもんじゃなかったのよ。でも今は違うわ。少なくとも、今の自分をあたしはそれほど嫌いじゃないわ」

それはシャールに出会ったからだ。

否——。

「出会ったっていう言い方はおかしいかも。あたし、高二のとき、仲間に連れられてあの人の店を襲撃《しゅうげき》したの」

「まじかよ」

顔を上げた幸也に、ジャダは頷いた。

「その頃、あの人の店は今のところじゃなくて、商店街の予備校の向かいにあってね……」

〝おかま〟が変な店をやっている。襲撃して売上を盗もう。

単純にそういう話が湧き起こった。

相手は常人と違うおかまだから、なにをされても文句は言えないはずだという、歪んだ認識が仲間内に蔓延《はびこ》っていた。

「それで？」

思わず引き込まれたように、幸也が身を乗り出す。

「ボコボコにされたわ」

返り討ちなどという、生易しいものではなかった。

「完膚《かんぷ》無きまでに、ボッコボコにボコられたわ。一応鉄パイプとかも持ってったんだけど、ものの役にも立たなかった。おかまだと思って油断し過ぎてたのねぇ。ちょっと考えれば分かることだったのに。だって当時のオネエさんは、今の二倍くらいの体があったんだもの」

「まじかよ」

今でさえ充分《じゅうぶん》屈強なシャールを見ている幸也が、眼を丸くする。

「大学時代、ラグビーをやってたんですって。社会人になってからも、相当鍛《きた》えてたらしいし」

「恐ろしいオッサンだな」

「虚勢しか張れないひ弱なヤンキーが、敵《かな》う相手じゃなかったのよ」

スーツの山をよけて、ジャダはソファに腰を下ろした。

「あたし、その頃、自分のことが分からなくてね。なんでこんなに苦しいのか、毎日が恐ろしいのかも分からなかった。だから、誰かに酷いことをするのも、案外平気だったのよ」

自分はこんなにつらいのだから、他人を少しくらい酷い目に遭わせても許される――。

本気でそう思い込んでいた。

「肩つかんで揺さぶって、それは違うって本気で諭してくれたのが、オネエさんだったのよ」

そんなのはただの刺激だ。

上辺を刺激してみても、もっと刺激が欲しくなるばっかりで、本当の痛みは治らない。

姿勢から直さないと、身体の痛みが取れないのと同じことだと、シャールは言った。

誰かを傷つけて、あんたはそれで本当にいい気分になれるの？

不機嫌《ふきげん》になるばっかりでしょう。そんなことより、本当に自分が上機嫌になれる方法を探すのよ――。

「……で、お前の〝上機嫌〟はおかまだったってことかよ」

幸也が呆れたように、煙草を灰皿でひねりつぶす。

「まあ、そういうことになるかもね」

屈強な体にドレスを纏ったシャールの姿は強烈《きょうれつ》だった。こんな人が世の中にいるなんて、最初は信じられなかった。

襲撃に誘われたときも、本当は店の中をもっと見てみたいと思ってついていったのだ。

その後もなにかと店の様子を窺《うかが》いにいったジャダを、シャールは自然に受け入れてくれた。

「どうにもできない自分との折り合いのつけ方を、初めて教えてくれたのもオネエさんよ」

「それが……、女装かよ」

ジャダが頷くと、幸也は益々複雑な表情になる。

「あのとき、あたしに居場所を与えてくれたのはオネエさんだけよ」

店の中で女装して裁縫をするだけで、荒ぶっていた心が嘘のように落ち着いた。

「高校だけは卒業しろって、何度も言ってくれてね。感謝してるわ。実際、中卒と高卒じゃ、社会に出てからの自由度が全然違うもの」

それに関しては思い当たる節があるのか、幸也は黙っていた。

「ねえ、お願い。土地の売却をもう少しだけ待って欲しいの」

ジャダは縋《すが》るように声を絞る。

あの夜のシャールの声が耳を打ち、気づいたときには、膝の上に涙が落ちた。

「なんなんだよ、いきなり」

突如《とつじょ》涙をこぼしたジャダに、幸也も戸惑っているようだった。

「オネエさん、病気なの」

シャールが進行性の病気であることを、ジャダは初めて打ち明けた。

「詳しいことはよく分からないけど、甲状腺癌《こうじょうせん》の一種らしいの。本当は男性より、女性に多い病気なんだって。そういうところまでオネエさんらしいけど……。いつも首元にスカーフを巻いているのは、手術痕があるせいよ。癌の中では比較《ひかく》的進行が穏《おだ》やかだって言ってたのに」

転移してたのよ――。

恐ろしい言葉が甦り、一気に視界がぼやけていく。

本当ならもっと早く気づくべきだった。

昼間出かけていたのは検査のためだ。

けれど、無意識のうちに眼を背けてしまっていた。なぜならシャールはずっと元気そうだったし、上機嫌だったから。そしてなにより、ジャダ自身がそれを認めるのが怖かったから。

いくら権利の問題があっても、普段のシャールなら、店を手放すことをあんなに簡単に受け入れたはずがない。

「年明け、手術をすることになったの。術後の生存率は五〇パーセントだって」

口に出してしまうと怖くなって、ジャダの語尾が震えた。

恐らくシャールは最悪の事態に備え、店を捨てることを決心したのだ。借地権が高く売れるうちに、形見分けをしたほうがいいと考えたに違いない。

いつもいつも人のことばっかりで、あの人は――。

堪《こら》えようとしても堪えきれず、涙が次々に溢れてくる。

「だから、少しくらい待ってくれたっていいじゃないの。せめて、術後の結果が出るまでは、そっとしておいてよ」

拳《こぶし》を握りしめて嗚咽《おえつ》するジャダを、幸也は黙って見つめていた。

「……悪いけど、無理だ」

やがて重たい声が響いた。

「あたしがこれだけ頼んでも？」

ジャダの胸が冷えていく。

「ここまできたら、もう無理だ。売りたがってるのは、地権者たちだし。俺にはもう、とめられない」

幸也の仕事は地上げのみで、この先は不動産部門を持つ大手商社が管轄することになるという。

「俺は単なる下請《したう》けだ。これから先のことは調整できない。所詮、俺なんて小物なんだよ……」

押し殺した幸也の声に、ジャダは無言で下を向いた。

それから、どうやって電車に乗って商店街まで辿《たど》り着いたのかを、ジャダはあまりよく覚えていない。惰性《だせい》で足を引きずり、いつもの細い裏路地をぼんやりと歩いていた。

なにかを考えようとすると、怒りと空《むな》しさが込み上げる。

畜生、畜生、畜生――。

どいつもこいつも、大きな流れに取り込まれやがって。

この世の理不尽を作っているのは、楽して生きていきたい俺たち自身だ。

でも、それで本当に、上機嫌でいられるのかよ。

「ジャダさん」

いきなり声をかけられたとき、ジャダは大声をあげそうになった。

振り向けば、白髪の老婦人が植木鉢にパンジーを植えているところだった。

「ご、ごめんなさいね。別におどかすつもりじゃなかったのよ」

余程険悪な表情で振り返ってしまったのだろう。老婦人は怯えたような笑みを浮かべた。

「いいのよ、ちょっとぼんやりしていただけだから」

ジャダは慌《あわ》てて取り繕《つくろ》う。

「それより、それ、どうしたの？　綺麗な花ね」

「ええ。ここ、あんまり殺風景だから、ちょっとお花の鉢でも並べてみようかと思ってるの。寒い季節でも黄色いお花があると、明るく見えるでしょう？」

老婦人は柔らかく微笑み、黄色いパンジーの鉢を掲《かか》げた。

こんなふうに、ここに愛着を持っている住人だっているのに――。

大家が一度も掃除したことのないアパート前をいつも掃き清めている老婦人の真心を思うと、ジャダの胸にふつふつと新しい怒りが湧いてくる。

「無駄よ」

気づいたときには、勝手に言葉がこぼれ落ちてしまっていた。

「え？」

不思議そうに問いかけてくる老婦人に、ジャダはつい言ってしまった。

「この一帯、もうすぐ売られるんだって。地主さんが、そう決めたそうよ。うちの店も、もうおしまいよ」

瞬間。

老婦人の手からパンジーが落ちた。テラコッタの鉢が割れて、狭い路地に土が飛び散る。

「あっ……！」

ジャダが我に返ったとき、老婦人は既にアパートに向けて走り去ってしまった。

一階の端の扉がバタンと閉められる。

なんてことを言ってしまったのだろう。

恐らく、老婦人のアパートの大家は、まだなにも勧告を出していなかったのだ。

老婦人の瞳が驚愕《きょうがく》の色を浮かべていたのを思い返し、ジャダは自分の頭を力いっぱい殴りつけたくなった。

でも――。いずれは皆が知ることになる。

ジャダは路地に屈むと、飛び散ったパンジーをそっと拾い上げた。

大きな蒸し器の蓋をあけ、ジャダはそこから白磁《はくじ》の陶器の壺《つぼ》を注意深く取り出した。

クリスマスが終わってから、毎日この工程を繰り返している。

こんなに手間のかかる料理に取り組んだのは初めてだ。

幸い、クリスマス休暇《きゅうか》で日本に帰ってきた城之崎塔子《きのさきとうこ》が、強い味方になってくれた。

塔子は、かつての夜食カフェの常連だ。大手広告代理店での昇進《しょうしん》を辞して早期退職した後、現在は上海《シャンハイ》でコンサルティング会社を立ち上げている。

「そのスープなら、私も聞いたことがある。それって、上海でもお正月の定番料理だもの。向こうの正月は旧暦《きゅうれき》の春節《しゅんせつ》だけどね。クリスマスには日本に帰るから、基本食材は私に任せて」

ジャダがメールで相談するなり、塔子は即座に、必要となる高級食材の現地調達を請け負った。

干し鮑《アワビ》、干し海鼠《ナマコ》、干し貝柱《かいばしら》、干しエビ、干し竜眼《リュウガン》、金華火腿《きんかハム》、フカヒレ、棗《ナツメ》、枸杞子《クコシ》——。

使用するのはほとんどが乾物《かんぶつ》だ。

「それから朝鮮人参《ちょうせんにんじん》と、当帰《とうき》。これは本当に信頼できるところから取り寄せてもらったの」

空港から直で店にきてくれた塔子は、スーツケースからいくつもの漢方薬《かんぽうやく》を取り出した。

塔子が現地でシャールがお正月の恒例《こうれい》料理として作っていたスープの名前を告げると、懇意《こんい》にしている漢方薬店の店主たちが、選《え》りすぐってくれたのだという。

乾物の戻し方や漢方薬の調理方法は、すべて塔子が丁寧に翻訳《ほんやく》した。元々語学が堪能な塔子だが、出発前は英語しか喋れなかったはずだ。恐らく猛勉強したのだろう。上海に渡って半年で、塔子は日常生活では不自由がないくらいの中国語をマスターしているようだった。

久しぶりに会った塔子は、不思議と若返っていた。

女単身、異国で起業したのだ。無理をしていないはずはない。

それでも、組織の中で押し潰されそうになっていた時期に比べれば、数段生き生きとして見えた。

「シャールさん、どうなの？」

シャールの残してくれたレシピと翻訳を照らし合わせていると、塔子が切れ長の眼元に心配そうな色を浮かばせた。

「手術までは無理ができないみたいだけど、わりと元気よ。病院食には飽き飽きだって言ってたわ」

ジャダはできるだけ明るく答えるようにしている。

「年が明けたら、このスープを差し入れに持っていくつもりよ」

「だったら、シャールさんのオリジナル以上に完璧《かんぺき》に作らなきゃね」

塔子も張り切って、下ごしらえを手伝ってくれた。

乾物や漢方薬を戻し終えたところに、シャールの同級生の教師、柳田《やなぎだ》がやってきた。柳田は、冬休みに入ったばかりの璃久《りく》と一緒に、学校菜園で作った冬野菜をカートいっぱい運んできた。

「御厨《みくりや》、どうなんだよ？」

柳田の問いかけにも、ジャダは塔子のときと同じように答えた。

「まあな、あいつがそう簡単に、参るわけないからな。正月には、俺も店に顔を出すよ」

教え子の璃久の手前、柳田は平然を装っていたが、その実、心配で仕方がないのが丸見えだった。

「これ、おじさんに」

璃久はMP3をカウンターの上に置いた。秋の間、璃久が祐太と競い合って収音した虫の音が入っているのだという。

「コオロギ、キリギリス、カネタタキ。カマドウマやクツワムシの声もとれたんだ」

病室で退屈しているシャールには、願ってもない贈り物に違いない。

「さすが虫博士ね。きっと喜ぶわ」

ジャダの言葉に、璃久はそっと眼を細めた。

璃久の肩に手をかけて、柳田はカートを引きずりながら帰っていった。

「白菜《はくさい》やネギ等の香味《こうみ》野菜を入れるのはまだ先ね」

シャールのレシピを確認しながら、ジャダはもらった野菜を貯蔵庫にしまった。

御用納めの日に現れたのは、安武《やすたけ》さくらだった。

さくらは「マカン・マラン」を取材しようとやってきたライターだ。取材はシャールから固辞されたが、その後さくらは普通に客として何度か「マカン・マラン」に通ってきていた。ジャダがビーズを刺繍した室内履きを買ってくれたこともある。

「ジャダさんがスープを作るんだって聞いて……」

さくらは立派な干し椎茸《しいたけ》を持参してきた。

「これ、取材先で手に入れたの」

相変わらず、取材であちこちを飛び回っているようだったが、初めて店にやってきたときの切羽詰まった表情は、随分と薄れていた。

「シャールさん、大丈夫なの？」

いつもの問いかけに、いつものように答えると、さくらも厨房に入って調理を手伝ってくれた。

「すごいね、これ。こうやって、何日もかけて色々な食材を少しずつ加えて蒸し上げるわけ？

私こんな料理、食べたことないよ」

さすがにこれだけ手間のかかる料理は、シャールもお正月にしか作らなかった。

「だから、これはお正月だけの特別料理だったのよ」

毎年、このスープを楽しみにしている常連がたくさんいる。

お正月に向けて、一週間前から少しずつ仕込む。

「だから、オネエさんはこのスープを、お正月のアドベントスープって呼んでたのよ」

「ああ、クリスマスのアドベントカレンダーみたいな？」

アドベント――。それは特別な日の到来を待つ期間。

西洋では、クリスマスの到来を待って、カレンダーをひとつずつ潰していく習慣がある。

シャールはそれをもじり、毎日のスープの仕込みを元旦のアドベントになぞらえていた。

「要するに、もういくつ仕込むとお正月、みたいなスープよね」

「ジャダさん、私もお正月、ここにきてもいい？」

「もちろんよ。あんただってもう、この店の常連なんだから」

ジャダがそう言うと、さくらは心から嬉しそうな顔をした。

あれから、三日がたち、ついに大晦日《おおみそか》がやってきた。

手土産《てみやげ》を持参し、次々に厨房を訪れた顔ぶれを思い出しながら、ジャダは陶磁の壺を前にする。

本当に、今年のスープはアドベントだ。

皆が待っている。

その人が帰ってくる年明けを。

壺が冷めるまで時間を置こうとカウンターに戻ったとき、呼び鈴が鳴った。

「はあーい」

玄関の扉をあけてそこに立っている人物を認めたとき、ジャダは驚いたような、初めからそれを知っていたような、なんとも不思議な気分になった。

身体にぴったりとした高級スーツでも、くたびれたフリースでもなく、どこにでもある普通のブルゾンを着た小峰幸也が立っていた。

「スープ、作るんだろ」

いきなり押しつけられたのは、大きな出汁昆布《こんぶ》だった。

「……乾物の仕込みは一週間前なんだけど」

ジャダの呟きに、心底がっかりした顔をする。

「いいわよ、今からでもやってみる。ものはよさそうだし」

「当たり前だ」

「とりあえず、入ったら」

少し戸惑っていたが、やがて幸也は覚悟《かくご》を決めたように、大きなボストンバッグを抱えたまま部屋の中に入ってきた。

「どうしたの、どこかいくの」

カウンターでお茶を淹れながら、ジャダは尋ねてみた。

「どの道、ここでの仕事は終わったからな」

スツールに腰かけ、幸也がフンと鼻を鳴らす。

「あんたらのおかげで、今回の仕事は完全に失敗だ」

ジャダの淹れたジンジャーティーをひと口啜《すす》り「なんだこりゃ、変な茶だな」と顔をしかめた後、幸也はカウンターの上に肘《ひじ》をついた。

「あんたら、どこまで知ってたんだよ」

「本当に、なにも知らなかったわ」

「嘘つけ」

「嘘じゃないわよ。初めから知ってたら、わざわざあんたのところを訪ねてお願いしようなんて思わなかったわ」

それもそうだと認めたのか、幸也は長い息を吐いた。

「俺ら地上げ屋の間では、頑固な相手は〝生《なま》もの〟で懐柔するっていうのが、常套《じょうとう》手段だったんだけどさ」

「生もの？」

「そうだよ。手土産を受け取ろうとしない相手なら、築地《つきじ》の魚介とかを持参して、生ものだから返されても困るって言って押しつけんだよ。相手がそれを食ったら、こっちのもんだ」

そうやって少しずつ相手の懐《ふところ》に忍び込み、最終的には、こちらの要求を承諾させる。

「俺だって、それくらいの場数は踏んできたんだ。あんたら、それと同じことを、あの婆さんにしてきたんじゃないのかよ」

「まさか」

幸也はしばらくジャダの顔を睨《にら》んでいたが、やがて「あーあ」と、気の抜けたような声をあげて伸びをした。

「バカバカしい話だよ。たった一杯のスープに負けるなんてさ」

開き直ったようにジンジャーティーを飲み始めた幸也の横顔を眺めながら、ジャダは大逆転が起きた日のことを思い返す。

それは、別段特別な日の出来事ではなかった。

シャールが契約書にサインし、ジャダがそれを幸也に届けた翌日のことだった。

いつものようにシャールが賄いを振る舞っているとき、突然、けたたましく呼び鈴が鳴り、幸也と見覚えのある中年男が店の中に乗り込んできた。

木之元――?

ジャダが男の顔を思い出したとき、当の木之元が大声をあげた。

「伯母《おば》さん、散々探したんですよ。土地の売却を承認しないって、一体どういうことですか?」

男が訴えかけているその先に座っていたのは、薄紫色のクリスマスローズのバレッタで白髪を束ねたあの老婦人だった。

呆気《あっけ》にとられているジャダたちの前で、老婦人はすっとソファから立ち上がった。

「どういうこともなにもありません。私になにひとつ知らせず、勝手に土地を売ろうとしていたのは、あなたたちのほうじゃありませんか」

いつもの穏やかな笑みを消した老婦人は、毅然《きぜん》とした眼差しで木之元を見返した。

「この一帯の土地は、私と妹の二人が父から受け継いだものです。妹が亡くなったとき、借地権は妹の遺言《ゆいごん》通りにあなたたちに譲りましたが、地権は今でもすべて私にあります。私の承認なく、勝手な真似は、絶対にさせません」

老婦人の厳しい言葉に、木之元がたじたじとなる。

「だ、だから、ちゃんと後から説明しようと思っていたんですよ。伯母さんは、こうしたことには不慣れでしょうから、とりあえず、僕が最初に交渉を請け負って……」

今ならここに、駅前と同じ価格がつく。大手企業がここに眼をつけている今を逃せば、こんなチャンスは二度と巡《めぐ》ってこない。

「お金が手に入れば、伯母さんだってもっといいところで暮らせるし」

幸也に吹き込まれたのであろう台詞《せりふ》を繰り返す木之元に、老婦人は強く首を横に振った。

「たったひとりで、ですか？」

老婦人のひと言に、木之元が絶句する。

「では聞きますが、今まであなたたちが一度でも、私を夕食に誘ってくれたことがありますか。お正月ですら、呼んでくれたことはないではありませんか。普段はともかく、お正月をひとりきりで過ごすのは寂しいものです」

老婦人と木之元の言い合いを、幸也は無言で見つめていた。

「私は毎年、ここでシャールさんがお正月に作ってくれるスープを皆さんと一緒に食べることを、心から楽しみにしてるんです。その楽しみは、誰にも譲りません。この命がある限り、土地の売却を承認することは絶対にありません」

きっぱり告げると老婦人はソファに座り、静かに夜食を食べ始めた。

木之元は縋るように傍らの幸也を見たが、幸也は結局、最後までなにも言おうとしなかった。

「――どうしてあのとき、なにも言わなかったの?」

幸也のカップに新しいジンジャーティーを注《そそ》ぎながら、ジャダは尋ねてみた。

「あんたなら、手八丁、口八丁、お婆さんを説得できたはずでしょう?」

カップに口をつけ、幸也は苦笑する。

「木之元がバカすぎるんだよ。親戚なら、もう少し婆さんを手懐《てなず》けておけばいいものを。あいつ大家のくせに、婆さんが未だにあのアパートに住んでることすら知らなかったんだ。いくらなんでも不動産会社に丸投げしすぎだろう」

ふいに幸也は真顔になった。

「でも、なんでだろうな……」

本当は幸也にはできたはずだ。

あの老婦人を脅すことだって――。

そのとき、微かに硝子をひっかく音がした。

キジトラの猫が硝子戸の向こうからこちらを見ている。外はすっかり真っ暗になっていた。

ジャダが硝子戸をあけてやると、猫はするりと部屋の中に入ってきた。見知らぬ幸也を一瞥し、ふいとそっぽを向く。

「この子、あんたのせいでキャットフード食べなくなったのよ」

「なんで、俺のせいなんだよ」

「あんたの差し入れの鰤を食べてから、口が奢《おご》ったのよ。でもね……」

ジャダはカウンターの奥から厨房に入り、出汁をとった煮干しを持ってきた。

「これなら食べるのよ」

床の上に置くと、猫は早速小さな顎で煮干しを齧り始めた。

「台風の日に迷い込んできたときに、初めて食べた味だけは忘れられないのね」

猫が煮干しを嚙み砕く微かな音が、静かな部屋の中に響く。

幸也はしばらく、かたかたと皿を鳴らして煮干しを食べている猫を見ていた。

ジャダが立ち上がってステレオのスイッチを入れると、ガムラン・ドゥグンのゆったりとしたリズムが部屋に流れ始めた。

「……俺は、大分《おおいた》の臼杵《うすき》の出でさ」

ふいに幸也が口を開く。

「うすき？」

「ああ、臼杵湾に面した漁師《りょうし》町で育ったんだ。早くに親父が死んでから、俺のお袋はそこで漁師相手に水商売やっててさ。まあ、正直、ろくな家庭環境じゃなかったわけよ」

幸也はカップをカウンターに置き、遠くを見るように眼を眇めた。

「お袋はいっつも酒浸《びた》りで、昼間は寝っ転がってるばかりで、ろくに可愛《かわい》がってもらった覚えもない。夜には平気で男を連れ込むしさ」

木枯《こが》らしが窓を打つ。夜になってから、風が出てきたようだった。

「俺の育った一帯の郷土料理に、きらすまめしっていうのがあってさ」

「きらすまめし……？」

「いい、きらすがおから、まめしが混ぜるって意味。おからに、魚の切れ端を混ぜ込んだもんよ。要するに、漁師町の節約料理だ」

ジャダはハッとした。

一々溜め息をつきながら、おからの煮つけを食べていた幸也の姿を思い出す。

「遠足の弁当にまで、きらすを詰められたガキは俺だけだ。きらすなんて足が早いから、昼時には変な匂いになっちゃっててさ。そいつを、誰にも見られないように弁当の蓋で隠しながら、無理やり口に詰め込んだときの侘しさは、今でも忘れらんねえよ。貧乏は嫌だって、子供《こども》ながらに心の底から思ったね」

スーツに身を固め、ＢＭＷを乗り回していた幸也の様子が脳裏をかすめた。

「きらすなんて、二度と口にするもんかって思ってたよ」

幸也の口から溜め息が漏れる。

「十五年……。あの町を出てから、もう十五年だ。まさか、こんなところで、もう一度きらすを食うはめになるとは思ってもみなかった」

苦笑しながら、幸也はカウンターを軽く叩いた。

「十五年、一度も帰ってないの？」

「嫌な思い出しかないからな。でも……」

幸也は少し言いよどむ。

「昔のダチからの話じゃ、数年前から、お袋が寝込んでるらしい」

返す言葉を失ったジャダに、幸也は鼻を鳴らした。

「もともと酒浸りだったたし、年くって男に相手にされなくなっただけだろうよ」

それでも、東京に出ている幸也を頼ろうとしなかったのは、母の息子へのせめてもの思い遣《や》りだったのではないだろうか。

一瞬浮かんだ自分の思いを、ジャダはうまく口にすることができなかった。

「あのおかまのオッサン、料理うまいよな」

幸也の口調が急に軽くなる。

見れば、吹っ切れたような表情をしていた。

「きらすなんか、冗談じゃねえって思ってたのに、気がついたら、夢中で食ってたよ。実はさ、俺、あの日朝からなんにも食ってなくて、ものすごい腹減ってたんだよ」

ひと口食べるたびに、幸也は長い溜め息をついていた。

「おかしな話だよ」

幸也は足元の猫を見つめる。

「食い物で取り入るのはこっちの遣り口だったのに、たかがきらすで、この俺が戦意喪失《そうしつ》するとはさ。まさか、あのオッサン、それを見込んでたんじゃないだろうな」

「違うわ」

ジャダはきっぱりと打ち消した。

そこに傷ついている人や、お腹の空いている人がいれば、必ず、美味しいご飯を食べさせる。

「それが、シャールさんなのよ」

煮干しを食べ終わった猫が、空の皿の傍らで丸くなる。

二人が黙ると、木枯らしが窓を叩く音に、ガムランの典雅《てんが》な響きが重なった。

「……オッサン、大丈夫なのかよ」

やがて幸也が小さく呟く。

「分からない」

いつもの問いかけに、ジャダは初めて本当のことを言った。

シャールの手術の成功率が五〇パーセントであることを知っているのは、今ではジャダと幸也だけだった。

「あのオッサン、家族は？」

「お母さんは亡くなられたって聞いてる。お父さんからは、絶縁されているって」

自分たちトランスジェンダーと、家族の関係は難しい。

ましてやシャールは、元々生粋《きっすい》のエリートだったらしい。病気を契機にカミングアウトし、たくさんのものを失ったと聞いている。

それだけ多くの傷を負っているから、シャールは止まり木を作った。

そこでたくさんの人たちを休ませながら、自らをも守っているのだろうと、ジャダは思う。

〝楽しみにしてるわ〟

今年のお正月の恒例料理は自分が作る。そう告げたとき、シャールがやつれた頬に浮かべた笑みを思い出し、ジャダは我知らず涙ぐんだ。

「きっと、大丈夫だよ。あのオッサン、ヤンキーだったお前をボコったんだろ？」

「そうね」

「あんな恐ろしいオッサンが、そうそうやられてたまるかよ」

「そうね」

なんだか可笑《おか》しくなってきて、ジャダは泣き笑いした。

まさか幸也に慰《なぐさ》められる日がくるなんて、夢にも思っていなかった。

「オッサンが戻ってきたら伝えてくれよ。十五年ぶりにきらすを食ったけど、美味《うま》かったって。

「それと……」

かなり長い間をあけてから幸也はぽつりと呟く。

「懐かしかった」

幸也はスツールを下りて、ボストンバッグを手に取った。

「帰るの？」

幸也は曖昧《あいまい》に頷く。

「どうせ、誰も待ってないけどな」

「きっと待ってるわよ」

誰が、とは言えなかった。

家族のことは、当の本人たちにしか分からない。

けれどお正月をひとりで過ごすのは、誰にとっても寂しいものに違いない。

「……高校までは、出してもらったんだしな」

自分を諭すようにそう言うと、幸也はジャダの顔を正面から見た。

「俺は引きさがるが、これで終わりってわけじゃない」

大手企業がこの一帯に価値があると考える限り、新しい地上げ屋はこの先いくらでもやってくる。

「だから、油断するなよ、おかまヤロー」

幸也は真剣な眼差しで、そう告げた。

ブルゾン姿の幸也は今までで一番自然で、どこにでもいる普通の三十代の男に見えた。

「おかまじゃないわよ」

ジャダはしなを作って、腕を組む。

「あたしは品格のあるドラァグクイーンなの」

口癖を真似すると、シャールの声が重なったような気がした。

「言ってろよ」

幸也の口元に笑みが浮かぶ。

「じゃ」

短く言って、幸也は踵を返した。

「よいお年を」

ジャダはその背中に声をかけたが、幸也はもう、振り返らなかった。

幸也が去ると、ジャダは広い部屋の中に、猫と二人きりになった。

幸也が持ってきた昆布を戻して壺に加え、最後に蓮《はす》の葉を載せる。蒸し上げたときに、香りを逃がさないようにする工夫だ。

それからしっかり陶器の蓋をして、蒸し器の中に壺を入れる。

これが最後の仕上げだ。

皆の願いが込められたスープを、とろ火で、ひと晩かけて蒸し上げる。

ジャダはふと、今年の正月、シャールがこのスープをカウンターの上に載せたときのことを思い出した。

蓋の隙間から紹興酒《しょうこうしゅ》を少量垂《た》らし、充分に蒸らし終えてから蓮の葉をはがせば、乾物と魚介と香味野菜と漢方のエキスの混じりあった、なんともいえない良い香りが部屋いっぱいに充満した。

具とスープは別にして、まずはスープだけを味わう。

旨みの凝縮したスープは、澄んだ琥珀色《こはくいろ》。

口に含んだ途端、馥郁《ふくいく》たる香りが鼻を抜け、あまりの美味しさに陶然となった。

長い時間をかけて溶《と》けだしたすべての栄養が、しみじみと体に沁み通っていくようだ。

まさしく黄金《おうごん》の一杯だった。

あのスープを皆で口にする新年の喜びは、何物にも代えられない。

年明け、手術が成功してシャールが無事戻ってくることを祈り、ジャダは蒸し器に火を入れた。

そのとき、戸棚《とだな》の扉が半開きになっていることに気づく。閉めようと手を伸ばせば、そこに一冊のノートブックがあった。

何気なく手に取り、ジャダは小さく眼を見張った。

体を温め、血行をよくする――ひえ、高《たか》きび、蕎麦《そば》の実
鉄分、貧血《ひんけつ》予防――もちあわ、押し麦、アマランサス
肌荒《はだあ》れ、むくみ、吹出物《ふきでもの》――ハト麦、トウモロコシの髭《ひげ》、キヌア
たくさんの症状とそれを緩和《かんわ》する穀物が、シャールの達筆な文字でぎっしりと書き込まれて

いる。

冷え性解消のレシピ、胃痛を和らげるレシピ、のぼせを防ぐレシピ、コレステロールを下げるレシピ……。

たくさんの野菜と穀物を使ったレシピが続き、そして最後のほうには、お針子や常連たちのそれぞれの体質が、陽性《ようせい》過多と陰性《いんせい》過多に分けられて、ファイリングされていた。

ジャダ、陽性過多で眼精疲労《ひろう》持ち。皮つきハト麦、もちあわ。人参と南瓜のカロテンを多めに。

クリスタ、陰性過多の肩こり持ち。ひえ、高きび、ヨモギ。松の実やひじきも――。

いつしか、文字が揺れて読めなくなった。

きっと――。

シャールはきっと戻ってくる。

たとえ、どんな後遺症が残っていたってかまわない。

戻ってきてさえくれるなら、オネエさんの機嫌はあたしが一生とってあげる。

だって、オネエさんはあたしを含め、本当に多くの人たちを上機嫌にさせてくれた人だもの。

絶対に絶対に、戻ってくる。

なぜなら、一週間も前から準備して、皆のたくさんの思いを壺に詰め、蓮の葉っぱで蓋をして、ひと晩中かけて蒸しあげて作るこのスープの本当の名前は――。

佛跳牆　フォーティアオチャン
清《しん》の時代に始まり、客家《ハッカ》と呼ばれる人たちが、海外にまで広めた福建省福州の伝統料理。

あまりの美味しさに、動かないはずの仏像までが、壁を飛び越えてやってくるというスープなのだから。

シャールだって、病気の壁を軽々と乗り越えて、戻ってくるに違いない。

胸の奥から熱いものが込み上げて、気づいたときには涙がとめられなくなっていた。

誰もいない厨房で、しゃくりあげながらジャダは泣いた。

万一のことを考えると、怖くて怖くてたまらなかった。

ふいに足元が、温かいものに包まれる。

いつの間にか側にきていた猫が、しなやかな体をすり寄せてきていた。

膝を折って屈み、ジャダは猫を胸に抱きしめた。

大丈夫よ――。

そのとき、シャールの声が心の奥に響いたような気がした。

ジャダは涙をぬぐって立ち上がり、もう一度、ノートブックを手に取った。

今まで、厨房のことはシャールに任せきりだったけれど、このレシピをもとに、自分も一から料理やマクロビオテックに基づいた栄養学のことを勉強してみよう。

心を遊ばせるのがドレスやアクセサリー等の装飾なら、心を育てるのが栄養と愛情がたっぷりつまった美味しい料理だ。

この二本柱が、シャールの、そして自分たちの止まり木だ。

主《あるじ》が戻ってきたときに再び羽を休められるよう、止まり木をしっかり自分が守ってみせる。

やがて、蒸し器から漏れる得も言われぬ好い香りが、厨房いっぱいに満ち始める。
遠くから、微かに、除夜の鐘の音が聞こえてきた。
その人の帰還を待ちながら、マカン・マランの一年が終わる。
暗い夜を乗り越えて、新しい年がきっとくる。

謝辞

本稿の準備にあたり、東明飯店料理長の温和栄さんを始め、多くの料理関係の方から貴重なお話を伺いました。この場を借りて、心より御礼を申し上げます。

尚、この物語における事実との相違点は、すべて筆者に責任があります。

主要参考文献

『美人のレシピ　マクロビオティック　雑穀編』カノン小林　洋泉社

『マクロビオティックで楽しむ野菜フレンチ』柿木太郎、柿木友美　学陽書房

『私はこうして凌いだ――食の知恵袋――』公益財団法人　仙台ひと・まち交流財団

『プロのアミューズ・先付コレクション　79店のスペシャルな201品』柴田書店

この作品は書き下ろしです。

この作品はフィクションです。実在する
人物、団体等とは一切関係ありません。

古内一絵

東京都生まれ。映画会社勤務を経て、中国語翻訳者に。第五回ポプラ社小説大賞特別賞を受賞し、二〇一一年にデビュー。二〇一七年『フラダン』で第六回ＪＢＢＹ賞（文学作品部門）を受賞。他の著書に『山亭ミアキス』（ＫＡＤＯＫＡＷＡ）、『最高のアフタヌーンティーの作り方』、「マカン・マラン」シリーズ（四巻）、『銀色のマーメイド』、『十六夜荘ノート』（中央公論新社）等がある。

マカン・マラン
――二十三時《にじゅうさんじ》の夜食《やしょく》カフェ

2015年11月25日　初版発行
2022年５月25日　19版発行

著　者　古内《ふるうち》　一絵《かずえ》

発行者　松田　陽三

発行所　中央公論新社

〒100-8152　東京都千代田区大手町1-7-1
電話　販売　03-5299-1730　編集　03-5299-1740
URL https://www.chuko.co.jp/

ＤＴＰ　柳田麻里
印　刷　三晃印刷
製　本　小泉製本

Published by CHUOKORON-SHINSHA, INC.
Printed in Japan　ISBN978-4-12-004788-6 C0093

女王さまの夜食カフェ　マカン・マラン　ふたたび

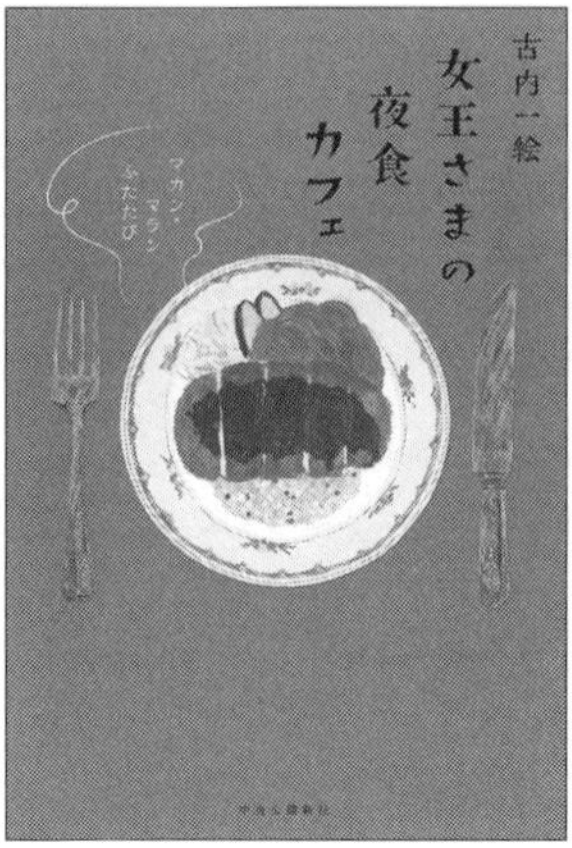

病に倒れていたドラァグクイーンのシャールが復活。しかし、「マカン・マラン」には導かれたかのように悩みをもつ人たちが集ってきて――？

単行本

十六夜《いざよい》荘《そう》ノート

面識の無い大伯母・玉青から、高級住宅街にある「十六夜荘」を遺された雄哉。大伯母の真意を探るうち、遺産の真の姿が見えてきて――。

〈解説〉田口幹人

中公文庫